EX LIBRIS

Aus der Bibliothek von:

Die drei !!!

Die drei !!!

Mira Sol

Die drei !!!

Engel in Gefahr

Kosmos

Umschlagillustration von Ina Biber, Gilching
Umschlaggestaltung von Friedhelm Steinen-Broo, eSTUDIO CALAMAR

Unser gesamtes lieferbares Programm und viele weitere Informationen zu unseren Büchern, Spielen, Experimentierkästen, DVDs, Autoren und Aktivitäten findest du unter **kosmos.de**

Weitere Bände dieser Reihe siehe S. 150

FSC www.fsc.org
MIX
Papier aus verantwortungsvollen Quellen
FSC® C014496

Gedruckt auf chlorfrei gebleichtem Papier

ISBN 978-3-440-15755-8
Redaktion: Natalie Friedrich
Produktion: DOPPELPUNKT, Stuttgart
Druck und Bindung: GGP Media GmbH, Pößneck
Printed in Germany / Imprimé en Allemagne

Engel in Gefahr

Ski-Mikado

Der Lichtkegel der Taschenlampe glitt zitternd über die Stufen der Kellertreppe. Schmal und steil führten sie ins schwarze Nichts. Franzi tastete sich vorsichtig voran. Ihr war etwas mulmig zumute. Seit sie zusammen mit ihren Freundinnen Kim und Marie den Detektivclub *Die drei !!!* gegründet hatte, war sie schon durch jede Menge dunkler Geheimgänge geschlichen und hatte schon viele Male mitten in der finsteren Nacht einen Verdächtigen verfolgt. Daher wusste sie genau, wie gefährlich es sein konnte, sich bei schlechten Sichtverhältnissen fortzubewegen. Besonders, wenn man sich dabei auf einer steilen Treppe befand. Es würde gerade noch fehlen, dass sie jetzt stolperte und die Weihnachtsferien mit einem Gips an Arm oder Bein verbringen musste!

Plötzlich setzte mit einem Schlag dröhnende Musik ein. Franzi ging vor Schreck in die Knie. Ein schriller Polka-Sound donnerte aus dem Erdgeschoss zu ihr herab und *Bob Dylan* grölte: *»Must be Santa, must be Santa Claus …«*

Franzi grinste und rappelte sich auf. Offensichtlich nutzte es ihre große Schwester gerade aus, dass ihre Eltern zu einer Geburtstagsfeier eingeladen und nicht zu Hause waren. Die Bässe der Anlage im Wohnzimmer waren so stark aufgedreht, dass die Wände des alten Bauernhäuschens bestimmt schon wackelten. Kopfschüttelnd setzte Franzi ihren Weg fort. Auf halber Strecke hielt sie inne und stellte sich auf die Zehenspitzen. Sie nahm das Glas der Wandlampe ab und ersetzte die kaputte Glühbirne durch eine neue. Jetzt war die

Kellertreppe wieder hell erleuchtet. Zufrieden steckte Franzi die alte Birne in die Tasche ihrer Kapuzenjacke. Sie nahm jetzt zwei Stufen auf einmal, denn sie musste sich beeilen. Schon in einer Stunde fing ihr neuer Aushilfsjob bei der kleinen Eisbahn am Weihnachtsmarkt an. Dafür benötigte sie unbedingt ihre Schlittschuhe. Hoffentlich fand sie sie gleich in dem Durcheinander, das meistens im Keller herrschte. Bei fünf Personen sammelte sich immer schnell viel Gerümpel an.

Franzi legte die Taschenlampe im Regal ab. Auf dem untersten Brett befand sich die Kiste mit den Schlittschuhen. Leider lehnte ein dickes Bündel Skistöcke davor. Sie versuchte, es zur Seite zu schieben. Aber die Stöcke ließen sich kaum bewegen. Als Franzi ungeduldig rüttelte, löste sich einer und fiel ihr entgegen. Mit einer blitzschnellen Bewegung fing sie ihn auf, kurz bevor er den Boden berührte. »Erwischt«, murmelte sie zufrieden und stellte ihn ein Stück weiter weg an der Wand ab. Plötzlich knirschte es laut. Franzi nahm aus den Augenwinkeln eine Bewegung wahr: Das Skistockbündel hatte Schlagseite bekommen und jetzt rutschte es langsam vom Regal weg.

»Verdammt!« Franzi sprang hin, aber es war schon zu spät.

Die Stöcke krachten mit einem Riesengeschepper zu Boden. Einige davon schlitterten mit Schwung über den Boden weiter, geradewegs auf die Wand zu, an der die Skier standen. Franzi riss die Augen auf. »Nein!«

Ein Stock traf auf Stefans Langlaufskier. Sie kippten so schnell um, dass Franzi nicht mehr eingreifen konnte. Im Fallen rissen sie ein Snowboard mit, das mit einem hässlichen Schrammen gegen die nächsten Skier krachte. Fassungslos musste Franzi mit ansehen, wie mehr als zehn Paar der an der Wand aufgereihten Skier ihrer Familie nacheinander unter lautem Getöse zu Boden gingen.

Eine Staubwolke stieg auf und Franzi musste husten. Verdattert betrachtete sie den Berg aus Brettern und Stöcken. Es sah aus, als hätte jemand Riesen-Mikado mit ihnen gespielt.

»Mist!« Hektisch griff Franzi nach dem erstbesten Ski.

»Was ist denn hier los?«, war plötzlich eine schrille Stimme vom oberen Treppenabsatz zu hören. »Franzi, bist du okay?« Chrissie sprang die Treppe hinunter.

Franzi sah sie verwundert an. Ihre große Schwester schien sich tatsächlich Sorgen um sie zu machen. »Alles klar«, rief sie ihr zu. »Ich suche nur meine Schlittschuhe für meinen Job nachher.«

Chrissie stemmte die Arme in die Seiten. »Ich dachte, du bist die Treppe runtergefallen und ich muss Erste Hilfe leisten.« Dann bemerkte sie das Ski-Chaos. Sie riss die Augen auf. »Hast du das etwa angestellt?«

»Nein, das war der Weihnachtsmann«, antwortete Franzi lahm.

»Must be Saaaanta …«, dröhnte es wie abgestimmt von oben runter.

Franzi schüttelte verärgert den Kopf. »Irgendein Depp hat die Skistöcke einfach ans Regal gelehnt.« Sie deutete auf den Mikado-Haufen. »Hilfst du mir, das aufzuräumen? Ich muss gleich weg.«

Chrissie schüttelte den Kopf. »Das kannst du mal schön selber machen. Selbst schuld, wenn du so einen bescheuerten

Job annimmst!« Sie tippte sich an die Stirn und lief zur Treppe. »Kinderbetreuung auf der Eisbahn – verkleidet als Eisbär … Ich hoffe, du musst nur die eigenen Schlittschuhe mitbringen und nicht gleich das ganze Kostüm.«
»Natürlich nicht«, antwortete Franzi. »Das bekomme ich gestellt. Ich will bloß meine eigenen Schuhe haben, weil ich mit denen am besten Pirouetten drehen und Sprünge machen kann.«
Aber Chrissie hörte schon nicht mehr zu. Sie war mit großen Schritten die Treppe hochgelaufen und verschwunden.
Franzi begann hektisch aufzuräumen. Als sie den letzten Skistock aufhob, entdeckte sie eine kleine, verbeulte Blechdose auf dem Boden: die alte Clubkasse der drei !!!, die sie schon vor längerer Zeit durch einen Mini-Tresor ersetzt hatten. Franzi lächelte und steckte sie ein. Die Spardose hatte letzten Winter bei einem ganz besonderen Fall eine wichtige Rolle gespielt. Und vielleicht war es jetzt wieder an der Zeit, diesen Fall erneut aufzurollen … Franzi nickte. Schnell schnappte sie sich die Tasche mit ihren Eiskunstlaufschuhen und die Taschenlampe aus dem Regal und machte, dass sie nach oben kam.
An der Garderobe stieg sie in ihre Turnschuhe, schlüpfte in den Parka und zog sich den Schlauchschal über den Kopf. »Ich treffe Kim und Marie nachher noch. Ich bin zum Abendessen wieder da!«, rief sie, während sie durch den Flur eilte. Als Franzi an der Küche vorbeikam, blieb sie jedoch abrupt stehen. »Was machst du denn da?« Sie sah zwischen ihrer Schwester und dem offen stehenden Kühlschrank hin und her. Chrissie holte gerade ein Butterpäckchen heraus.

Im Inneren des Kühlschranks lagerten dutzende von weiteren Päckchen. Auf dem Küchentisch stapelten sich jede Menge Mehl- und Zuckertüten, Eierkartons und weitere Tütchen und Beutel.

Franzi reckte neugierig den Hals. »Was hast du denn vor?«

»Was meinst du, was man mit Butter, Zucker, Eiern und Mehl in der Adventszeit so macht?« Chrissie strich sich eine rote gelockte Haarsträhne aus dem Gesicht und sah Franzi genervt an.

Franzi zuckte mit den Schultern. »Weihnachtskekse backen.«

»Richtig, Schlaufuchs!« Chrissie knallte die Kühlschranktür zu und eine große Mehltüte auf den Küchentisch.

»Aber mit diesen Mengen kannst du Tonnen von Plätzchen backen. Die schaffen wir im Leben nicht, selbst wenn Stefan und Papa drei Mal so viel essen wie sonst.«

Chrissie schnaubte verächtlich. »Ich mache doch keine Kekse für unsere *Familie*. Ich arbeite im Auftrag meiner *Kunden*. Ich habe nämlich mit meinen Freundinnen ein Unternehmen gegründet: Die *Chris, Kari & Co. Keks-Company*.«

»Krasser Name«, stellte Franzi fest.

Chrissie ging gar nicht auf die Bemerkung ein. Eifrig deutete sie auf mehrere Zettel mit wirren Notizen, die auf dem Tisch lagen. »Wir haben schon jede Menge Aufträge an Land gezogen. Das wird ein Bombengeschäft, sage ich dir: Butterweiches Gebäck gegen hartes Geld!«

»Wenn du meinst.« Franzi zog skeptisch eine Augenbraue hoch. »Ich muss jetzt los.« Plötzlich schnupperte sie in die Luft. »Es riecht hier so komisch. Brennt etwa schon die erste Fuhre Plätzchen an?«

»Ich habe noch gar nicht mit dem Backen angefangen.«
»Es riecht aber verkokelt«, beharrte Franzi.
Jetzt zog auch Chrissie die Nase kraus. »Vielleicht verbrennt der Nachbar wieder Gartenabfälle?«
»Am ersten Adventswochenende? Das glaube ich nicht.« Franzi überprüfte den Herd. Aber weder die Kochplatten noch der Ofen waren eingeschaltet. Dann spähte sie durch die Durchreiche, die die Küche mit dem Wohnzimmer verband. Augenblicklich wurde Franzi blass. »Der Adventskranz steht in Flammen!«, krächzte sie.

Überfall!

Chrissie ließ vor Schreck ein Butterpäckchen fallen. Sie lief zu Franzi. »Ich hab doch nur eine Kerze angezündet!«
»Das war genau *eine* Kerze zu viel!«, rief Franzi. »Jedenfalls, wenn man sie unbeaufsichtigt brennen lässt. Wie kann man nur so blöd sein!« Sie schnappte sich die Dose mit Feuerlösch-Spray aus der Besenkammer und raste ins Wohnzimmer.
Sie sah sofort, dass es ernst war. Es qualmte fürchterlich. Die Schleifen auf dem Kranz aus Tannenzweigen brannten lichterloh. Und die Flammen waren nur noch wenige Zentimeter vom Vorhang entfernt!
Beherzt streckte Franzi den Arm mit der Sprühflasche vor und begann zu löschen. Es zischte und fauchte.
Franzi hielt den Atem an. Aber sie schaffte es tatsächlich, das Feuer innerhalb weniger Sekunden zu löschen.
Chrissie fuhr sich nervös durch die Haare. »Da haben wir wohl noch mal Glück gehabt.«
»Allerdings.« Franzi stellte das Spray neben die verkohlten Zweige und öffnete das Fenster. Die klare, kalte Winterluft vertrieb schnell den Gestank. Franzi zitterte leicht. Sie wollte sich jetzt lieber nicht vorstellen, was alles hätte passieren können. »Den Kranz kann man wegschmeißen«, murmelte sie. »Ich muss jetzt wirklich los!«
Chrissie nickte. Ungewohnt leise sagte sie: »Klar, geh schon. Ich räume hier auf und erkläre nachher Mama und Papa, was los war.« Franzi klopfte ihrer Schwester auf die Schulter. »Ist ja alles noch mal gut gegangen. Bis nachher!«

Drei Stunden später stand Franzi mit Marie und Kim am Rand der Eisbahn. Es hatte angefangen zu schneien und glitzernde Schneeflocken wirbelten durch die Luft.
»Ganz schön frostig«, murmelte Kim. Sie rieb ihre Hände gegeneinander und zog die Schultern hoch. »Danke, dass du mir deinen Loop geliehen hast, Franzi. Sonst wäre ich wahrscheinlich erfroren. Willst du ihn gleich wiederhaben?«
Franzi schüttelte den Kopf. »Du kannst ihn mir nachher wiedergeben.« Sie klopfte sich auf den Fellbauch ihres Eisbärenkostüms. »Mir ist gerade ziemlich warm.«
»Der Schal ist übrigens total schön«, stellt Marie fest. »Wo hast ihn her?«
»Den habe ich selbst gemacht«, antwortete Franzi.
Kim riss erstaunt die Augen auf. »*Du* strickst?« Sie zog den Schlauchschal aus flauschiger hellblauer Wolle ein Stück vor und betrachtete ihn bewundernd. »Und so perfekt!«
»Quatsch. Ich habe das Ding aus meinem alten Lieblingspulli gemacht, der mir zu klein geworden ist.« Franzi klemmte sich den Eisbärenkopf unter den anderen Arm. »Ich kann dir zeigen, wie das geht.«
Kim nickte. »Au ja!«
»Warum seid ihr denn nicht shoppen gegangen oder habt eine heiße Schokolade getrunken?«, wollte Franzi jetzt wissen. »Es hat doch keiner verlangt, dass ihr die ganze Zeit dableibt!«
Marie schüttelte ein paar Schneeflocken aus ihren langen blonden Haaren. »Ich konnte nicht aufhören, dir zuzusehen«, sagte sie. »Dein *Eisbärenpopowackeltanz* war spitze.«
»Ja«, stimmte Kim begeistert zu. »Ich komme noch nicht ein-

mal in normalen Klamotten heil übers Eis. Und du steckst in einem unförmigen Fellkostüm mit Riesenbauch, drehst Pirouetten und beobachtest dabei noch, welches Kind hingefallen ist, um ihm helfen zu können. Wahnsinn.«
Franzi zog die Haargummis an ihren kurzen roten Zöpfen fest. »Das ist doch nichts Besonderes. Mir macht Schlittschuhlaufen einfach tierischen Spaß.«
»Ich wäre gerne auch so sportlich«, stellte Kim fest.
Franzi zuckte mit den Schultern. »Man kann nicht alles haben. Jede von uns hat eben *ihre* Stärken. Marie kann super schauspielern und du bist der absolute Denkertyp. Ohne deine schlauen Ideen und Recherchen hätten wir für manchen Fall mindestens doppelt so lange gebraucht.«
Marie nickte. »Und wo du gerade von Fall sprichst – gibt es eigentlich etwas Neues in Aussicht? Irgendwo ein Verbrechen, ein Diebstahl, ein Betrug?«
Kim und Franzi schüttelten die Köpfe. »Ich habe nichts mitbekommen«, sagte Kim schließlich. »Außer einem Zeitungsartikel letzte Woche über einen Taschendiebstahl auf dem Weihnachtsmarkt …«
»Das wäre doch etwas für uns!«, unterbrach Franzi sie aufgeregt. »Wir könnten über den Markt schlendern, eine von uns spielt den Lockvogel und die anderen beiden nehmen den Täter in die Zange, sobald er zuschlägt!« Franzi umklammerte den Eisbärenkopf und schüttelte ihn, als würde sie ihn dafür bestrafen, dass er gerade ihre Geldbörse aus der Tasche gezogen hatte.
Kim zuckte mit den Schultern. »Lass mich doch mal ausreden! Kommissar Peters hat die Täter bereits dingfest gemacht.«

Franzi machte ein enttäuschtes Gesicht. Marie grinste. »Kaum zu glauben. Da war die Polizei mal schneller als wir.«
Jetzt musste auch Franzi lächeln. »Das ist vielleicht ganz gut so. Irgendwann wird Kommissar Peters sonst richtig sauer auf uns, weil wir immer alle Verbrecher vor ihm schnappen.«
»Jetzt übertreibt mal nicht«, sagte Kim. »Er hat uns immerhin in vielen brenzligen Situationen geholfen. Es hätte uns bestimmt schon ein paar Mal eiskalt erwischt, wenn er nicht gekommen wäre.«
»Ach was, das glaube ich nicht«, warf Marie sofort ein. »Aber apropos *eiskalt«,* sie trippelte mit den Füßen, die in brandneuen mintgrünen Wildlederstiefeln steckten, auf der Stelle, »ich könnte etwas zum Aufwärmen brauchen. Habt ihr Lust auf einen Früchtepunsch dort drüben am Stand?«
Kim nickte sofort. »Gute Idee. Da gibt es auch sehr gute Waffeln!« Sie leckte sich über die Lippen. »Mit Sahne und heißen Kirschen.«
»Alles klar, du Naschkatze!« Franzi grinste. »Ich zieh mich nur schnell um. Geht ihr doch schon mal vor. Ich bin in drei Minuten bei euch.« Sie glitt über die Eisfläche zum Ausgang. Als Franzi an der Bankreihe neben dem Kassenhäuschen vorbeikam, rief eine helle Kinderstimme: »Tschüss, Bär!«
Franzi sah sich um und entdeckte einen kleinen Jungen in einem roten Schneeanzug, der ihr wie wild zuwinkte. Seine Mutter zog ihm gerade die Schlittschuhe aus. »Du bist ganz toll! Kommst du morgen wieder?«, fragte er.
Franzi winkte zurück. »Morgen nicht, aber am Montag!«
»Au ja! Aber dann machst du deinen Kopf wieder drauf, gell?«

Franzi lachte. »Na klar!« Sie stieß die Tür an der Seite des Kassenhäuschens mit dem angeschlossenen Schlittschuhverleih auf und begrüßte die Besitzerin der Eisbahn, eine mollige, blonde Frau um die fünfzig. »Hallo, Frau Meinhard! Ich bin für heute fertig.« Franzi stakste auf ihren Schlittschuhen vorsichtig über den mit Spanplatten ausgelegten Boden.

Frau Meinhard beugte sich gerade über den Tresen und reichte ein Paar Eishockeyschlittschuhe hinaus. Sie drehte sich zu Franzi um und lächelte. »Wie ich sehe, hast du ja schon einen kleinen Fan!«

Franzi klopfte gegen ihren dicken Fellbauch. »Ich glaube eher, dass das schöne Eisbärenkostüm einen Fan hat.«

»Ohne dich würde es sich aber nicht so nett bewegen«, sagte die Eisbahn-Betreiberin. »Du machst deine Sache sehr gut! Ich bin froh, dass du diese Saison bei uns aushilfst.«

Franzi strahlte. »Danke, es macht mir auch richtig Spaß!« Sie drängte sich durch den schmalen Gang, der zu einem kleinen Geräte- und Pausenraum führte. Dort holte sie ihre Tasche aus dem Spind, legte den Eisbärenkopf auf den Klapptisch und setze sich auf die Bank. Dann schlüpfte sie aus den Schlittschuhen und packte sie in die Tasche. Beim Suchen nach ihrer Jeans fiel die verbeulte Clubkasse aus der Reisetasche. Sie polterte unter den Tisch in die hinterste Ecke an die Wand. Seufzend beugte sich Franzi nach vorne. Schnell musste sie feststellen, dass sie damit keinen Erfolg haben würde: Das ausladende Kostüm hinderte sie daran, sich auch nur einen Zentimeter nach vorne zu bewegen. Also drehte sich Franzi auf die Seite, streckte ein Bein aus und tastete mit dem Fuß nach der Dose.

Im nächsten Moment flog die Hintertür auf und schlug mit lautem Getöse gegen die Wand. Franzi zuckte zusammen. Sie sah, wie sich jemand hereindrängte und hastig wieder die Tür schloss.
Schwer atmend blieb eine Gestalt mit dem Gesicht zur Tür stehen und lauschte nach draußen. Franzi riss die Augen auf. Die Person trug einen langen, dunkelroten Mantel und eine Zipfelmütze mit einer weißen Bommel an der Spitze. Ein Weihnachtsmann! In einer Hand hielt er einen Jutesack, in der anderen einen kleinen, schwarzen Gegenstand. Franzi erstarrte. Es war eine Pistole!

Weihnachtsmann auf Abwegen

Franzis Herz begann zu rasen. Was hatte dieser Weihnachtsmann hier zu suchen? Wollte er die Besitzer der Eisbahn überfallen? Wollte er sie entführen? Woher wusste er von dem Hintereingang, den sonst keiner kannte?
Instinktiv blieb Franzi stocksteif auf der Bank liegen. Die Bärenverkleidung war ihre große Chance. Die unheimliche Gestalt hatte sie bislang noch nicht entdeckt.
Franzi zog langsam den Kopf und die Füße ein. Schließlich kugelte sie sich im Bauchraum des Kostüms zusammen. Dabei stellte sie fest, dass sich auf der Höhe des Bauchnabels ein kleines Loch befand. Sie lugte vorsichtig hindurch: Der Weihnachtsmann stand jetzt mit dem Rücken zur Tür. Ein wilder weißer Bart und buschige Augenbrauen bedeckten sein Gesicht. Er sah sich im Raum um. Dann entdeckte er das scheinbar achtlos hingeworfene Bärenkostüm. Franzi hielt den Atem an.
Zwei Hände in unförmigen roten Strickhandschuhen streckten sich in ihre Richtung. Franzi starrte wie gelähmt durch den Bauchnabel. Die Hände ergriffen den Bärenkopf auf dem Tisch. Er wurde hochgehoben und kurz darauf wieder fallen gelassen. Der Weihnachtsmann lachte ein hohes, heiseres Lachen und zog mit einer schnellen Bewegung seinen Mantel aus. Er stopfte ihn zusammen mit dem Bart und der Pistole in den Sack. Die Nikolausmütze und die Handschuhe behielt er an. Vorsichtig öffnete er die Hintertür wieder und sah durch den Spalt. Dann schlüpfte er nach draußen.

Franzi atmete auf. Einige Minuten lang wagte sie nicht, sich zu rühren, weil sie befürchtete, dass die Gestalt plötzlich wieder zurückkommen könnte. Aber sie blieb verschwunden. Schnell schälte sich Franzi aus dem Kostüm, zog ihre Jeans über die Trainingshose und schlüpfte in ihre Turnschuhe und den Parka. Sie eilte zur offen stehenden Tür und lugte vorsichtig um die Ecke. Mittlerweile schneite es heftiger. Franzi kniff die Augen zusammen und scannte die Umgebung. Direkt gegenüber befand sich eine Ladenzeile mit einem Drogeriemarkt, einem Tabakladen, einer Sparkasse und einem 1-Euro-Geschäft. Daneben begann die Fußgängerzone. Sie war an diesem Samstagnachmittag dicht bevölkert. Zahllose Menschen, die mit Tüten und Taschen beladen waren, schoben sich durch die Straße und freuten sich über ihre ersten Weihnachtseinkäufe. Mist, in diesem Gedränge würde sie den verkleideten Nikolaus bestimmt nicht mehr finden. Franzi schlug mit der flachen Hand gegen den Türrahmen. Er musste innerhalb von Sekunden untergetaucht sein. Plötzlich zuckte Franzi zusammen. Dahinten war eine rote Nikolausmütze zu sehen! Sie sprang die drei Treppenstufen hinab, flankte über einen Stapel mit Getränkekisten und joggte los. Sie musste den Mann verfolgen! Ungeduldig drängte sich Franzi an langsam bummelnden Pärchen und einer Gruppe grölender Jungs mit blinkenden Rentiergeweihen auf den Köpfen vorbei. Als sie sich durchgekämpft hatte, kam ihr eine Gruppe von Seniorinnen entgegen, die sich lebhaft unterhielten und nur schwerfällig zur Seite gingen. Franzi seufzte. Alle Frauen trugen rote Nikolausmützen. Ein paar Meter vor ihnen lief ein Mann, der sich gerade seine rote Mütze mit der weißen Bommel aus dem Gesicht schob. Er winkte einem anderen Mann zu – auf dessen Kopf ebenfalls eine Nikolausmütze saß. Franzi verdrehte die Augen. Überall waren heute rote Mützen zu sehen. Scheinbar hatte sich jeder zweite Bewohner der Stadt vorweihnachtlich dekoriert. So kam sie nicht weiter. Sie beschloss, erst einmal Kim und Marie von ihrer unheimlichen Begegnung zu erzählen.

Franzi kehrte zum Anbau bei der Eisbahn zurück. Sie sammelte ihre Sachen ein und machte Frau Meinhard darauf aufmerksam, dass die Hintertür nicht abgeschlossen war.

»Das habe ich heute Nachmittag vergessen, als die Getränke geliefert wurden«, sagte die Betreiberin erschrocken. »Danke, Franzi, ich schließe gleich ab. Nicht, dass sich noch irgendein Gesindel zu uns hinein verirrt.«

Franzi biss sich auf die Zunge. Sie wollte jetzt nicht von dem Eindringling erzählen, um nicht noch mehr wertvolle Zeit verstreichen zu lassen. Daher nickte sie nur und machte sich aus dem Staub.

Kim winkte Franzi schon von Weitem zu. Sie hatte einen Stehtisch beim Stand unter einem Heizpilz ergattert. Vor ihr standen drei dampfende Punschbecher.

»Du kommst genau zum richtigen Zeitpunkt«, rief Kim. »Marie holt gerade unsere Waffeln ab.« Sie nahm einen Schluck von ihrem Getränk und verzog das Gesicht. »Sauer – und saulecker!«

»Was ist das?«, wollte Franzi wissen. »Es riecht total gut.«

»*Flunschpunsch*«, antwortete Kim. »Wir haben dir auch einen mitgebracht: heißer Limettensaft mit Honig.« Sie griff nach einem kleinen Plastikdöschen und rührte den goldgelben Inhalt in ihren Becher ein. »Am besten schmeckt es mit *viel* Honig!«

Franzi musste lachen. »Jetzt kapiere ich, warum das *Flunschpunsch* heißt. Man trinkt vom Punsch und zieht einen Flunsch. Sieht echt komisch aus.« Franzi nahm ihr Glas und pustete. »Übrigens, du glaubst nicht, was ich eben erlebt habe!«, platzte sie heraus.

Kim rückte neugierig näher. »Was denn?«

Gerade als Franzi loslegen wollte, tauchte Marie auf. Sie balancierte drei Pappteller auf den Händen und schaffte es, sie auf dem Tisch abzustellen, ohne etwas von der Sahne und den heißen Kirschen auf den Waffeln zu verkleckern. Gut gelaunt begrüßte sie Franzi: »Hallo, Tanzbär, ich hoffe, du hast einen *Bären*hunger mitgebracht. Ich habe extra die großen Portionen genommen.«

»Danke«, murmelte Franzi. »Die kann ich jetzt wirklich gut gebrauchen.« Sie biss ein großes Stück von ihrer Waffel ab und ließ es auf der Zunge zergehen. Es schmeckte himmlisch. Aber das Bild des unheimlichen Weihnachtsmanns mit der Pistole schob sich sofort wieder vor Franzis inneres Auge.

Marie bemerkte ihre Anspannung. »Was ist denn los?«, fragte sie. Sie musste etwas lauter sprechen, um gegen das Geräusch sich nähernder Polizeisirenen anzukommen.

»Es ist etwas passiert!«, nuschelte Franzi.

Kim und Marie starrten sie an. Mechanisch griff Kim nach einer Waffel. »Erzähl!«, sagte sie aufgeregt und biss hinein.

Die Sirenen waren mittlerweile lauter geworden. Franzi

räusperte sich. Ihre Freundinnen rückten näher heran, um kein Wort zu verpassen.
»Als ich mich vorhin gerade umziehen wollte, kam plötzlich eine Gestalt zur Hintertür herein. Sie war als Weihnachtsmann verkleidet.« Franzi umfasste ihre Punschtasse. »Und sie hatte eine Waffe in der Hand!« Die letzten Worte musste Franzi fast schreien, um gegen die Sirenen anzukommen.
Kim sah sie verständnislos an. »Sie hatte eine *Waffel* in der Hand?«
Franzi schüttelte ungeduldig den Kopf. »Nein, eine WAFFE! Eine Handfeuerwaffe! Einen Revolver, ein Schießeisen!«, rief sie aufgeregt und merkte nicht, dass die Polizeisirenen plötzlich verstummt waren und die Hintergrundmusik zu einer sanften Instrumentalversion von *Leise rieselt der Schnee* wechselte.
In gleichbleibender Lautstärke fuhr Franzi fort: »Wumme, Kanone, Ballermann, Colt!« Die Leute an den Nachbartischen verstummten und drehten neugierig die Köpfe in ihre Richtung. Franzi imitierte mit Daumen und Zeigefinger eine Pistole: »PENG! PENG! Wenn du jetzt verstehst, was ich meine?!« Ihre Worte knallten wie Schüsse in das Schweigen hinein.
Marie räusperte sich. »Verstanden.« Sie sah sich unbehaglich um.
Erst jetzt bemerkte Franzi, dass sie von allen Seiten fragend angeblickt wurde. Eine Frau in einem dicken Norwegerpulli schüttelte missbilligend den Kopf, ein kleines Mädchen grinste sie an. Es zielte mit einer imaginären Pistole auf sie. »Peng! Peng!« Lachend ging es unter dem Tisch in Deckung.

Franzi lächelte schief. »Ich habe meinen Freundinnen nur vom letzten *Tatort* erzählt«, erklärte sie der Frau. »Sie können sich jetzt also wieder ungestört ihrem Gespräch widmen.«
Kim und Marie unterdrückten ein Grinsen.
Die Leute verloren tatsächlich schnell wieder das Interesse und wandten sich ihren Getränken und eigenen Gesprächen zu.
Kim zog ihr Handy hervor. »Wer weiß, was dieser Typ mit der Pistole noch vorhat. Ich rufe sofort Kommissar Peters an!«
»Ich glaube nicht«, murmelte Marie, »dass das noch nötig ist.«
Franzi und Kim sahen sie verstört an.
Marie deutete zur gegenüberliegenden Straßenseite. Franzi drehte sich um. Ihr blieb der Mund offen stehen.

Schüsse!

Die Szene, die sich gerade abspielte, hätte direkt aus der *Vorstadtwache* stammen können, der TV-Krimireihe, in der Maries Vater die Rolle des Hauptkommissar Brockmeier hatte. Aber das hier war die Wirklichkeit! Franzi schüttelte ungläubig den Kopf: Drei Autos mit flackerndem Blaulicht blockierten die Straße vor der Ladenzeile. Ein Polizeibus war auf der anderen Seite geparkt. Die hintere Tür stand offen und man konnte eine Person sehen, die zusammengesunken darin saß. Eine Polizistin legte ihr gerade eine Decke um die Schultern. Weitere Beamte liefen mit schusssicheren Westen herum und sperrten das Gelände weitläufig mit rot-weißem Plastikband ab.

Immer mehr Menschen blieben stehen und sahen neugierig zu.

»Was ist denn jetzt los?«, rief Kim und steckte das Handy wieder in ihre Tasche zurück.

Marie reckte den Hals. »Dahinten, vor der *Schönkauf*-Filiale, steht Kommissar Peters«, stellte sie fest. »Kommt, wir gehen zu ihm.«

Das brauchte sie ihren Freundinnen nicht zweimal zu sagen. Kim brachte schnell die Becher zum Stand zurück und Franzi schulterte ihre Tasche. Nachdem Kim zurückgekehrt war, spurteten sie gemeinsam zu der Ladenzeile rüber.

Die Zahl der Schaulustigen hatte sich rasch vergrößert und die dichte Menschenmenge versperrte den drei Detektivinnen die Sicht. Franzi drängte nach vorne und zog Kim und

Marie mit sich. Sie schnappten Fetzen der aufgeregten Gespräche der Umstehenden auf:
»Was ist passiert?«, fragte eine junge Frau atemlos.
»Ich glaube, da hat ein Überfall stattgefunden«, rief ein Mann.
»Wo?«
»Keine Ahnung, ich habe vorhin eine Frau schreien gehört. Und ein paar Minuten später die Polizeisirenen.«
»Gibt es Tote?«
»Wer weiß!«
»Man sieht gar kein Blut!«
»Vielleicht nur drinnen im Geschäft.«
»Schrecklich. Man ist auch nirgendwo mehr sicher.«
Kommissar Peters stand etwas abgewandt an der Seite und telefonierte. Marie machte winkend auf sich aufmerksam. Nachdem er das Gespräch beendet hatte, kam der Kommissar zu ihnen rüber. Er sah nicht sehr begeistert aus. »Was macht ihr hier?«, fragte er barsch.
»Wir wünschen Ihnen ebenfalls einen *wunderschönen guten Abend*!«, antwortete Marie mit einem strahlenden Lächeln auf den Lippen.
Der Kommissar hob die Augenbrauen. »Ja, *guten Abend*«, brummte er. »Aber tut mir bitte den Gefallen und geht nach Haus. Das hier ist nichts für euch.«
Die drei !!! sahen sich an. Ob das hier etwas für sie war oder nicht, wollten sie schon gerne selbst entscheiden.
»Ist die Bank überfallen worden?«, fragte Kim atemlos.
»Nein«, war die einsilbige Antwort von Peters. Er notierte etwas auf einem Klemmbrett.

Franzi zupfte an einem ihrer Zöpfe. Ihr Blick fiel auf den Eingangsbereich des kleinen Drogeriemarktes. Ein Polizist in weißem Overall war gerade dabei, den Türgriff und Teile des Türblatts mit Grafitpulver einzupinseln. Überall waren dunkelgraue Flecken zu sehen.

»Nein, es geht um den Drogeriemarkt«, platzte Franzi heraus. Kommissar Peters nickte entnervt. »Richtig.«

»Die *Schönkauf*-Filiale wurde überfallen«, fuhr Franzi aufgeregt fort. »Und zwar … von einem als Weihnachtsmann verkleideten Täter. Mit Pistole.«

Peters sah ruckartig von seinen Notizen auf. Er fixierte Franzi scharf. »Woher weißt du das?«

Franzi nickte zufrieden. Volltreffer! Sie hatte eins und eins zusammengezählt: Die Polizei sicherte gerade Fingerabdrücke an der Tür zum Drogeriemarkt. Also musste in diesem Gebäude etwas passiert sein und nicht in der Bank. Und der Laden lag genau gegenüber der Rückseite der Eisbahn. Vom Hintereingang des Anbaus bis zur *Schönkauf*-Filiale waren es nur wenige Meter. Es lag nahe, dass der Täter nach dem Überfall rübergelaufen war, um sich im Schutz des Gebäudes umzuziehen und dann zu fliehen.

»Wie kommt es, dass du von der Verkleidung des Täters weißt?«, fragte Kommissar Peters.

Franzi zuckte mit den Schultern. »Ich bin ihm kurz nach dem Überfall begegnet.« Sie zögerte. »Nein, besser gesagt: Er ist mir begegnet.« Sie schüttelte den Kopf. »Das stimmt so auch nicht, eigentlich sind wir uns nicht wirklich begegnet.«

Auf Peters' Stirn bildete sich eine steile Falte. »Das müsstest du mir jetzt doch etwas genauer erklären.«

Franzi erzählte in knappen Worten, was sie erlebt hatte. Dann beschrieb sie das Weihnachtsmannkostüm so genau wie möglich. Als geschulte Detektivin hatte sie sich die Details gut eingeprägt: »Der Mantel hat einen weißen Plüschbesatz und goldene Bordüren an den Ärmeln und am unteren Saum«, sagte Franzi. »Und er hat keine Knöpfe, sondern goldene Knebelverschlüsse.«

Peters machte sich Notizen. »Gut. Das muss für heute reichen. Komm bitte am Montag zu mir aufs Revier, dann nehmen wir eine vollständige Zeugenaussage von dir auf.«

Franzi nickte. »Aber Marie und Kim sind auch dabei!«

Der Kommissar seufzte. »Wenn es sein muss. Aber …«, er sah einer Detektivin nach der anderen streng in die Augen, »keine Ermittlungen auf eigene Faust! Wir können von Glück reden, dass bei dem Überfall niemand verletzt wurde. Dieser Täter ist gefährlich.«

Die drei !!! nickten. »Natürlich«, antworteten sie wie aus einem Mund. Sie sahen sich verschwörerisch an. Selbstverständlich ermittelte keine von ihnen jemals auf eigene Faust – sie waren doch immer zu *dritt*! Dagegen konnte der Kommissar ja wohl nichts haben …

»Wir haben uns also richtig verstanden?«, brummte Peters.

Darauf wollten die drei Detektivinnen jetzt lieber nicht antworten. Zum Glück schlug in diesem Moment die Kirchturmuhr. »Schon sechs Uhr!«, rief Franzi. »Ich muss unbedingt nach Hause zum Abendessen, ich bin schon viel zu spät dran.«

Kim und Marie gaben ebenfalls hektisch vor, sofort aufbrechen zu müssen. Schnell verabschiedeten sich die drei Detektivinnen, bevor der Kommissar noch deutlicher werden konnte.

Als sie außer Sicht- und Hörweite waren, sagte Franzi feierlich: »Mädels, wir haben einen neuen Fall, ob Kommissar Peters das will oder nicht. Wir werden ermitteln, oder?!«
Kim und Marie stimmten natürlich sofort zu.
Franzi grinste über das ganze Gesicht. Sie zog ihre Freundinnen hinter einen der Stände. »Dann ist es jetzt Zeit für unseren Powerspruch, würde ich sagen.«
Kim und Marie traten dicht an Franzi heran und die drei Mädchen legten ihre Hände aufeinander. Im Chor sagten sie: »Die drei !!!.« Dann rief Kim: »Eins!«, Franzi »Zwei!« und Marie »Drei!«. Schließlich warfen sie die Arme hoch und riefen gemeinsam: »Power!!!«
Das Ritual, das sie vor langer Zeit erfunden hatten, um Energie für ihre anstrengenden Ermittlungsarbeiten zu tanken, war auch dieses Mal ein voller Erfolg. Wohlige Wärme durchrieselte Franzi und sie fühlte sich stark, leicht und frei. Und plötzlich fiel ihr ein, dass sie Kim und Marie ja noch etwas fragen wollte. Sie zog die alte Clubkasse aus ihrer Tasche und hielt sie ihren Freundinnen unter die Nase. »Die habe ich zufällig wiedergefunden. Erinnert ihr euch noch daran, wann wir sie das letzte Mal benutzt haben?«
Kim und Marie nickten. »Natürlich! Das war schon ein ganz spezieller Fall«, sagte Kim.
»Wollen wir sie wieder einsetzen?«, fragte Franzi.
»Ja«, sagte Kim sofort. »Ich finde, das ist eine sehr gute Idee! Die Zeit ist mal wieder reif dafür …«
»Aber nur bis Weihnachten!«, unterbrach Marie sie. Sie hatte einen Moment gezögert, aber jetzt lächelte auch sie. »Keinen Tag länger – aber bis dahin konsequent!«, flüsterte sie.

»Abgemacht!«, riefen Kim und Franzi.

Eine halbe Stunde später schloss Franzi gut gelaunt die Eingangstür zum Bauernhäuschen auf. Sie ließ die Tasche mit den Schlittschuhen neben der Garderobe fallen. Der Detektivclub zusammen mit Kim und Marie war einfach die beste Sache der Welt!

Aus der Küche drang ein verführerischer Duft. Franzi überlegte, was es war. Nach Weihnachtskeksen roch es jedenfalls nicht.

Plötzlich ertönte ein lauter, metallischer Knall. Sie zuckte zusammen. Und noch einmal knallte es, jetzt sogar mehrfach hintereinander. Sofort sah Franzi wieder den unheimlichen Weihnachtsmann mit der Pistole vor sich. Innerhalb einer Zehntelsekunde lagen ihre Nerven blank: Hörte sie gerade Schüsse? In der Küche ihrer Familie?

Alle Jahre wieder …

Eine weitere Salve knatterte los. Franzi suchte hinter der Garderobe Schutz und lauschte panisch. Plötzlich verstummten die Geräusche. Dafür war jetzt ein Kichern aus der Küche zu hören. Jemand rief etwas. Sie erkannte Chrissies Stimme. Franzi entspannte sich. Für Pistolenschüsse waren die Geräusche eigentlich zu leise gewesen. Sie schüttelte den Kopf. Der Schock vom Nachmittag setzte ihr wohl immer noch zu. Sie hatte einfach überreagiert. Wahrscheinlich war ihre Schwester immer noch am Plätzchenbacken und machte irgendeinen Unsinn zusammen mit ihren Freundinnen.
Es knallte erneut, dann schepperte etwas. Franzi zuckte zusammen. »Mach den Deckel drauf!«, rief jemand.
»Ich wollte doch nur mal sehen …«, ertönte Chrissies Stimme.
»Jetzt siehst du, was passiert!«, rief jemand und kicherte.
Franzi gab ihre Lauschposition auf und wagte sich zur Küchentür. Sie lugte um die Ecke – und musste augenblicklich lachen: Chrissie, zwei weitere Mädchen und ein Junge krochen auf allen vieren auf dem Küchenboden herum und sammelten etwas ein. Ihr Bruder Stefan lehnte am Kühlschrank und gab Anweisungen: »Dahinten unter dem Tisch ist eins, Chrissie, und noch eins auf der Sitzbank, und am Vorhang klebt eine ganze Kolonie. Anton, da kommst du am besten dran.«
»Popcorn!«, murmelte Franzi erleichtert. Ihre Schwester machte mit ihren Freunden zusammen Puffmais, und die

platzenden Maiskörner hatten beim Aufprallen auf den Topfdeckel das irrsinnig laute Knallen verursacht! Franzi prustete endgültig los.

Chrissie fuhr erschrocken hoch. RUMS! Sie hatte nicht daran gedacht, dass sie sich unter dem Küchentisch befand. Mit schmerzverzerrtem Gesicht robbte Chrissie darunter hervor. Ihre Freundinnen kicherten. Anton half ihr aufzustehen. Er erkundigte sich besorgt, ob sie sich wehgetan hatte.

»Nein, ist schon gut«, erklärte Chrissie mit einem gekonnten Augenaufschlag. Das strahlende Lächeln, das sie dem jungen Mann mit den schwarzen Locken anschließend schenkte, verriet Franzi sofort, dass sich ihre große Schwester mal wieder Hals über Kopf verknallt hatte. Das ging bei ihr immer ziemlich schnell und war oft auch wieder schnell vorbei. Das, was dazwischen lag, war immer sehr anstrengend, für alle Beteiligten – auch für die Familie Winkler, die sich Chrissies ausführliche Beschreibungen ihrer Freuden und Leiden meistens beim Abendessen anhören musste. Franzi war jedenfalls schon mal gespannt, wann der Name Anton zum ersten Mal fallen würde.

Chrissie rieb sich den Hinterkopf. »Musst du dich so anschleichen? Wir sind hier nicht bei einem deiner Detektivspiele.« Sie sah Franzi vorwurfsvoll an. »Womöglich habe ich jetzt eine Gehirnerschütterung!«

»Keine Sorge«, sagte Franzi und setzte ihr nettestes Lächeln auf. »Wo nichts ist, kann nichts erschüttert werden.«

Chrissie warf eine Handvoll Maiskörner nach ihr. »Blöde Nuss!«

»Die kannst du jetzt auch wieder einsammeln«, sagte Franzi

trocken. »Und nenn unsere Ermittlungsarbeit nicht ›Spielen‹!«
Stefan sprang ein, bevor sich seine Schwestern ernsthaft in die Haare bekamen. »Hört doch mal mit dem Rumgezicke auf«, sagte er ruhig. »Lasst uns lieber das Zeug essen, solange es noch warm ist.« Er deutete auf zwei Schüsseln neben dem Herd, in denen sich der aufgepoppte Mais türmte.
Franzi nickte. Sie hatte jetzt wirklich keine Lust auf einen handfesten Streit mit Chrissie. Also bückte sie sich und klaubte einige Körner auf. Sie legte sie auf dem Tisch ab. Dann lächelte sie ihre Schwester versöhnlich an. »Popcorn ist eine super Idee!« Sie nahm eine Handvoll aus der kleineren Schüssel und warf sie sich den Mund. Kaum hatte sie jedoch gekaut, schnappte sie nach Luft. Es brannte wie die Hölle! »Was …«, Franzi wischte sich die Tränen aus den Augen, »… zum Teufel ist das denn?!« Sie schluckte tapfer und hüstelte.
»Chili-Popcorn«, antwortete Chrissie und lächelte engelsgleich. »Wir fanden, dass das eine gute Abwechslung zu den ganzen Süßigkeiten ist, die man in der Weihnachtszeit isst. Uns war schon schlecht von den vielen Plätzchen, die wir vorhin gekostet haben.«
Stefan grinste schief. »Schön scharf, was? In der anderen Schüssel sind die mit Zucker.« Er hielt sie Franzi hin. »Willst du?«
Franzi seufzte und griff dankbar zu. Sie kaute genüsslich. Ja, *so* musste Popcorn schmecken. Das war genau die richtige Knabberei bei diesem Winterwetter!
»Papa und Mama haben übrigens angerufen«, sagte Stefan.

»Sie kommen etwas später, weil sie im Stau stehen. Eine Straße am Weihnachtsmarkt ist gesperrt.«
Franzi nickte unmerklich. Sie wusste, was da los war. Und am Montag würde sie auf dem Polizeirevier hoffentlich noch weitere Details erfahren.

Detektivtagebuch von Kim Jülich
Sonntag, 15:00 Uhr
Es ist schon seltsam: Wir hatten uns gerade damit abgefunden, dass kein neuer Fall in Aussicht ist – und gleich darauf passiert ein Verbrechen. Die Filiale von Schönkauf *hinter dem Weihnachtsmarkt ist überfallen worden! Durch einen Zufall hat Franzi den Täter gesehen. Sie soll morgen eine Zeugenaussage auf dem Polizeirevier machen. Dabei wollen wir von Kommissar Peters so viele Details wie möglich zum Tathergang erfahren, damit wir gleich unsere Ermittlungen starten können.*
Wir haben vorhin geskypt, um zu besprechen, wie wir vorgehen werden. Das Gespräch mit dem Kommissar wird nicht leicht werden. Er hat uns nämlich sofort verboten zu ermitteln, weil der Täter zu gefährlich sei. Wir müssen also sehr geschickt und unauffällig fragen, damit er keinen Verdacht schöpft und wir in Ruhe unsere Ermittlungen beginnen können.
Unabhängig davon werden wir so schnell wie möglich das Personal in dem Drogeriemarkt befragen und nach weiteren Zeugen suchen, die zur Tatzeit etwas Ungewöhnliches beobachtet haben. Die Budenbesitzer, die ihre Stände in der Nähe der Schönkauf-*Filiale haben, und natürlich die Betreiberin der Eisbahn könnten wichtig sein. Außerdem wollen wir nach Spuren am Tatort suchen. Kommissar Peters hat zwar schon alles*

sichern lassen, aber wie wir von vergangenen Fällen wissen, übersieht auch die Polizei mal etwas!

Geheimes Tagebuch von Kim Jülich
Sonntag, 16:05 Uhr

Lesen für alle, die nicht Kim Jülich heißen, verboten! Wenn ich trotzdem jemanden erwische, muss er fünf Liter Flunschpunsch trinken – aber garantiert OHNE Honig!!!

Alle Jahre wieder kommt die Weihnachtszeit … *und die* jungsfreie Zeit!!! *Von heute an bis Weihnachten werde ich hier nichts mehr über die Liebe schreiben, jedenfalls nichts über meine Liebe ;-)! Ab sofort ist nämlich wieder der* No-Jungs-*Fall angesagt. Franzi hat Marie und mich am Samstagabend an den Fall erinnert, den wir im letzten Winter durchgezogen haben. Wir haben damals beschlossen, dass wir in der Adventszeit eine Pause einlegen vom Flirten, vom Reden über Jungs, vom Liebeskummer und so weiter. Und das machen wir jetzt genau so wieder! Wir verschwenden einfach viel zu viel Zeit damit, über irgendwelche Probleme zu reden, die wir mit den Jungs haben. Als hätten wir keine anderen wichtigen Themen. Zum Beispiel unseren neuen Fall …*

Jede von uns, die sich in den nächsten vier Wochen nicht an die Regel hält, muss Geld in unsere alte Clubkasse werfen. Franzi hat die Spardose zufällig bei sich im Keller gefunden und wieder mitgebracht. Beim letzten Mal ist ein ansehnliches Sümmchen zusammengekommen. Besonders Marie hat einiges einbezahlt :-). Schade übrigens, dass Franzis Schwester nicht bei unserem No-Jungs-*Projekt mitmacht. Dann wären wir nämlich ganz schnell sehr reich. Franzi hat erzählt, dass Chrissie sich Hals*

über Kopf in einen Jungen verliebt hat, der mit Stefan zusammen studiert. Jetzt schwärmt sie ununterbrochen von dem total tollen Anton. *Franzi kann es schon nicht mehr hören. Mal sehen, wie diese Geschichte weitergeht. Und jetzt mache ich für heute Schluss. Mama hat schon vor zehn Minuten zum Adventskaffee gerufen. Ich muss mich beeilen, sonst haben meine kleinen Zwillingsbrüder Ben und Lukas sämtliche Zimtsterne und Vanillekipferl aufgegessen, bis ich komme.*
PS: Ich bin schon gespannt darauf, wer von uns bei unserem No-Jungs-*Projekt als Erste in die Kasse einbezahlen muss. Ich wette, es ist Marie.*

Zeugenaussage

Franzi stemmte die Arme in die Hüfte. »Echt jetzt?«
»Ja klar. Das war ja wohl eindeutig. Du zahlst zwei Euro fünfzig in die *No-Jungs*-Kasse ein«, wiederholte Marie.
Kim nickte bekräftigend. »Erstens habt ihr Händchen gehalten. Zweitens hat er gesagt, dass du toll bist. Und drittens hast du ihm zugeflüstert, dass er süße Ohren hat«, zählte sie auf. »Die Fakten sprechen für sich: Das war eindeutig ein Flirt.«
»Ihr spinnt doch!«, rief Franzi entrüstet. Sie wich im letzten Moment einem Passanten aus. »Ich habe erstens dem Jungen nur geholfen, sein Gleichgewicht auf dem Eis zu halten. Zweitens findet er mein *Bärenkostüm* toll und drittens habe ich ihm gesagt, dass sein neues *Animal-Cap* mit den *Bärenohren* süß ist.« Sie wechselte energisch den Riemen ihrer Tasche auf die andere Schulter. »Und viertens: Er heißt Jonny – und ist *vier* Jahre alt!«
Kim und Marie brachen in schallendes Gelächter aus. »Schon gut«, sagte Kim. »War ja nur ein Versuch. Wir bekommen unsere Kasse auch so voll.«
Franzi schüttelte den Kopf. »Und ich dachte schon, ihr meint es ernst.«
»Quatsch«, sagte Kim. »Aber der Kleine ist mit seinem knallroten Schneeanzug und der Pandabärenmütze wirklich total süß. Und ich glaube, er mag dich sehr.«
Die drei !!! waren auf dem Weg zum Polizeirevier. Kim und Marie hatten Franzi von ihrem Job auf der Eisbahn abge-

holt. Jetzt stapften sie durch den frisch gefallenen Schnee in der Fußgängerzone. Die Temperaturen waren am Wochenende weiter gesunken und ein beißend kalter Wind wehte den drei Mädchen ins Gesicht. Marie zog sich ihre rosa Fliegermütze tiefer in die Stirn. »Bei dem Wetter bekomme ich immer ganz trockene Lippen«, beschwerte sie sich. Sie holte ein buntes Döschen aus ihrer Tasche, trug Lippenbalsam auf und hielt es anschließend Kim hin. »Magst du?«

Kim schnupperte. »Das riecht gut!« Sie nahm etwas von der duftenden Creme und reichte das Döschen an Franzi weiter.

»Es macht die Lippen total zart«, sagte Marie.

Kim nickte. »Zum Küssen wie geschaffen!«, rief sie übermütig.

»Meinst du etwa mich?«, fragte plötzlich eine vorwitzige Stimme neben Kim. Bevor sie reagieren konnte, war der Junge schon an ihr vorbeigeeilt. Er drehte sich noch einmal um, schenkte ihr ein spitzbübisches Lächeln und rief: »Schade, dass ich gerade keine Zeit habe.«

Kim zog die Augenbraue hoch. »Was war *das* denn?«

»*Das* war ein Fall für die *Clubkasse*!« Franzi zwinkerte Marie zu.

»Ja, macht zwei Euro fünfzig, Kim Jülich«, sagte Marie sofort. »Herzlichen Glückwunsch, du bist die Erste!«

Franzi und Marie klatschten sich ab.

»Das war ein Versehen«, protestierte Kim. »Ich habe den Jungen doch gar nicht bemerkt.«

»Versehentliches Flirten zählt auch«, stellte Marie klar.

Kim zuckte mit den Schultern. »Na gut. Aber wartet es nur ab!«

»Zumindest in der nächsten Stunde sind wir sicher«, meinte Franzi grinsend. »Bei Kommissar Peters auf dem Polizeirevier kommt bestimmt nicht so schnell Flirt-Alarm auf.«
Sie schlitterten weiter über den festgetretenen Schnee und erreichten nach fünf Minuten das große Gebäude mit der Sandsteinfassade, in dem das Polizeirevier untergebracht war. Kommissar Peters erwartete sie bereits in seinem Büro. Er begrüßte Kim, Franzi und Marie mit Handschlag und bot ihnen heißen Früchtetee an. Dankbar nahmen die drei !!! die dampfenden Tassen entgegen und wärmten sich die klammen Finger daran.
»Bevor ich es vergesse«, fing der Kommissar an. »Ende Januar veranstalten wir wieder einen Detektivworkshop für Jugendliche hier bei uns. Wenn ihr Lust habt, daran teilzunehmen, kann ich euch gleich in die Liste eintragen.«
Die drei !!! nickten begeistert. Die Workshops waren immer eine perfekte Gelegenheit, mehr von den Tricks der Profis zu erfahren und sich über die neuesten Techniken in der Verbrechensaufklärung zu informieren.
»Wir machen gerne wieder mit«, sagte Kim. Marie strich sich eine Haarsträhne aus dem Gesicht. »Ja, auf jeden Fall.« Sie rutschte auf ihrem Stuhl nach vorne. »Könnten wir denn vorher ein paar Themen einreichen, die uns besonders interessieren würden?«
Der Kommissar lächelte. »Natürlich. Wir sehen, was sich machen lässt.«
Franzi nickte zufrieden. Kommissar Peters schien heute wesentlich besser gelaunt zu sein als am Samstagabend. Er war sogar richtig locker drauf. Selbst seine Standardmahnung,

dass sie nichts Gefährliches unternehmen sollten, hatte er heute ausgelassen!
Peters räusperte sich. »Im Übrigen wollte ich heute die Gelegenheit nutzen, um euch nochmals ausdrücklich darauf hinzuweisen, dass ihr bitte keine gefährlichen Dinge tun sollt.«
Franzi seufzte leise. Es wäre ja auch zu schön gewesen.
Die drei !!! nickten ergeben.
»Polizeimeister Conrad wird jetzt deine persönlichen Daten und die Zeugenaussage aufnehmen, Franzi«, sagte der Kommissar. »Außerdem wird er dir eine kurze Videoaufnahme zeigen, die die Überwachungskamera in dem Drogeriemarkt gemacht hat. Das Gesicht des Täters ist leider sehr schlecht zu erkennen. Durch den Bart und die Mütze sind jegliche Details verdeckt. Aber das Kostüm weist ja einige besondere Merkmale auf. Wir möchten wissen, ob es tatsächlich das gleiche ist, das du an der Person gesehen hast, die sich bei dir in der Gerätekammer versteckt hat.«
Der Kommissar erhob sich aus seinem Sessel und öffnete die Tür zum Nebenzimmer. »Hier entlang bitte.«
Franzi stand auf. Kim und Marie sprangen ebenfalls hoch.
»Es tut mir leid, aber Franziska Winkler wird jetzt alleine in diesen Raum gehen.«
Marie sah den Kommissar mit großen Augen an. »Aber …«
»Keine Widerrede«, brummte Peters. »Nur Franziska ist als Zeugin geladen. Ich möchte nicht, dass ihr alle drei das Video seht, um dann gleich loszulaufen und zu ›ermitteln‹. Franzi wird Polizeimeister Conrad sagen, ob sie die Person erkennt oder auch nicht, und dann ist Schluss. Basta, aus. Um alles Weitere kümmern wir uns, die Polizei.« Er schob

Franzi durch die Tür. »Und ihr beide«, sagte er zu Kim und Marie gewandt, »könnt mir jetzt gerne die Themen nennen, die ihr auf dem Workshop behandeln möchtet, und ich notiere das.«

Schon zwanzig Minuten später traf Franzi wieder auf ihre Freundinnen, die mittlerweile auf einer Holzbank im Flur auf sie warteten. Der Kommissar war zu einer dringenden Sitzung gerufen worden.

»Das ging aber schnell«, stellte Marie fest. »Wir sollen dir übrigens schöne Grüße vom Kommissar Peters ausrichten. Falls es noch Fragen gibt, ruft er dich an.«

»Ich glaube nicht, dass da noch Fragen kommen«, sagte Franzi. »Herr Conrad hat erzählt, dass bei dem Überfall nur ungefähr 20 000 Euro erbeutet wurden. Da zum Glück auch niemand verletzt wurde, wird die Sache als nicht so heiß eingestuft.«

»*Nur*!?«, rief Kim. »20 000 Euro sind doch ein Haufen Geld!«

Franzi verzog den Mund. »Finde ich auch. Aber der Kommissar hat noch andere Fälle zu bearbeiten, bei denen es um wesentlich mehr geht. «

»Aber das war ein *bewaffneter Raubüberfall*!«, sagte Marie empört.

»Ja, mit einer Spielzeugpistole«, murmelte Franzi. »Kommissar Peters hat eine Szene aus dem Video vergrößern lassen. Darauf erkennt man wohl deutlich das Logo eines bekannten Spielzeugherstellers.«

Kim und Marie machten große Augen. »Du hast ja einiges aus dem Polizeimeister herausgekitzelt«, stellte Marie anerkennend fest. »Wollen wir eine kurze Clubsitzung im *Café Lomo* abhalten und du erzählst uns bei einem *Kakao Spezial*, was er dir noch alles verraten hat?«

»Ja! Dann kannst du uns auch gleich berichten, was auf dem Video zu sehen ist«, rief Kim. »Und wir können besprechen, was wir als Nächstes tun.«

»Gute Idee!« Franzi stieß die Glastür im Foyer auf. »Übrigens könnt ihr euch gleich selbst ein Bild machen.«

»Von was jetzt?«, fragte Marie verwirrt.

»Von dem Video natürlich.« Franzi zückte ihr Handy. »Ich habe ein paar Minuten heimlich vom Bildschirm abgefilmt, als Conrad kurz zur Toilette gegangen ist.«

»Du bist unglaublich!«, rief Kim beeindruckt.

Plötzlich piepste Franzis Handy. Sie hatte eine Nachricht von Chrissie erhalten. Franzi las die erste Zeile, die über das Display lief, und hob alarmiert die Augenbrauen:

SOS – Franzi, komm schnell nach Hause!!!

Chrissie in Not

Franzi biss sich auf die Unterlippe. Was war bei ihr zu Hause los? Brannte etwa der neue Adventskranz? Chrissie war ja leider alles zuzutrauen. Mit zitternder Hand rief Franzi die Nachricht auf:

Sind in Not! Wir brauchen Hilfe beim Backservice, dringend!!! Jetzt!!! Bring Kim und Marie mit! hdgdl, Chris

Franzi atmete erleichtert auf. Dann schnaubte sie verärgert. »Chrissie hat mir eben einen ganz schönen Schrecken eingejagt.« Sie las Kim und Marie die SMS vor.
Ihre Freundinnen schüttelten belustigt die Köpfe.
»*Ganz doll lieb* hat mich Chrissie immer nur, wenn ich ihr aus der Patsche helfen soll.« Franzi seufzte. »Aber sie ist nun mal meine Schwester und sie braucht Hilfe. Mädels, seid ihr bereit für eine Änderung unserer Planung: erst Backeinsatz, dann Detektivbesprechung?«
»Klar«, antwortete Marie. »Ich habe diesen Winter noch gar keine Kekse gebacken, und mit ein paar Leuten zusammen macht es immer Spaß.«
Auch Kim stimmte zu. »Wenn wir uns ranhalten, können wir gleich danach noch unsere Clubsitzung im Pferdeschuppen abhalten.«
»Perfekt«, sagte Franzi.
Die drei !!! rannten zur Bushaltestelle.

Chrissie riss schon beim ersten Klingeln die Haustür auf. Sie hatte ein erhitztes Gesicht und war über und über mit Mehlstaub bedeckt. »Das werde ich euch nie vergessen!« Sie fiel Franzi, Kim und Marie um den Hals und hinterließ großflächig weiße Spuren. Marie klopfte dezent auf ihrem Pulli herum.

»Das kannst du dir sparen«, bemerkte Franzi auf dem Weg durch den Flur. »Der wird bestimmt gleich wieder eingestaubt.«

»In der Tat«, stellte Marie fest, als sie die Küche betraten.

Der große Raum sah aus, als hätte eine Bombe eingeschlagen. Überall lagen geöffnete Tüten mit Backzutaten herum, in der Spüle stapelten sich benutzte Schüsseln, Teller und Rührlöffel, und auf dem Boden klebten Teigreste.

»Wie gut, dass Mama und Papa heute länger in der Praxis sind«, murmelte Franzi. »Meine Mutter würde durchdrehen, wenn sie die Küche so sehen würde.«

Kim machte große Augen. »Das ist also die *Keks-Company.*«

»Tauf sie um in *Katastrophen-Company*«, murmelte Marie.

»Wir sind von den Aufträgen überrollt worden«, erklärte Chrissie kleinlaut. »So kurz vor Nikolaus wollen alle unbedingt noch ein weiteres Lebkuchenhaus, Butterplätzchen oder …«

»Achtung!«, unterbrach Marie sie. Chrissie hatte eine Mehltüte auf der Anrichte mit dem Ellbogen angestoßen. Sie kippte über die Kante. Chrissie hatte noch nicht einmal die Hand ausgestreckt, da war Franzi schon da und fing die Packung knapp über dem Boden auf.

»Glück gehabt!«, sagte Chrissie schief lächelnd.

»Du meinst: Eine super Reaktionsfähigkeit gehabt«, stichelte Franzi. »Du lahme Ente solltest vielleicht auch ab und zu ›Detektiv spielen‹ – da lernt man, schnell zu sein!«
»*Schnell* ist ein gutes Stichwort«, warf Kim ein. »Wollen wir nicht mal loslegen? Wir haben ja auch noch etwas anderes vor.« Sie warf Kim und Franzi einen verschwörerischen Blick zu.
Marie nickte energisch. »Als Erstes beseitigen wir das Chaos. So kann man schließlich nicht richtig arbeiten. Dann machen wir uns an die noch offenen Aufträge.«
»Genau.« Kim knotete sich ein Geschirrtuch um die Hüfte und ging zur Spüle. »Wo sind eigentlich deine Freundinnen, Chrissie?«, fragte sie. »Sind sie schon geflohen?«
»Nein, sie liefern gerade Ware aus. Stefan fährt sie netterweise in seinem Auto.« Chrissie zog mehrere verknitterte Zettel aus ihrer Hosentasche und strich sie neben einer ausgerollten Teigplatte auf dem Tisch glatt. »Hier sind die restlichen Aufträge. Und auf der Heizung liegt noch ein Zettel. Der ist besonders wichtig«, erklärte sie mit glänzenden Augen. »Anton hat Stefan gestern noch eine Bestellung mitgegeben.«
Franzi nickte ihren Freundinnen unmerklich zu.
»Leider ist mir der Zettel vorhin in die Spüle gefallen«, fuhr Chrissie fort. »Ich hoffe, er ist mittlerweile getrocknet und man kann noch was erkennen.«
Es klingelte an der Haustür. »Das ist er«, quietschte Chrissie. »Anton will mir eine Excel-Tabelle am PC einrichten, damit wir die Logistik besser in den Griff kriegen.« Sie rannte aus der Küche.
»Aber du kommst gleich wieder!«, rief ihr Franzi hinterher.

»In zwanzig Minuten!«, brüllte Chrissie zurück.
Franzi schüttelte den Kopf. »Ich fasse es nicht. Jetzt hat sie es geschafft, sechs Leute zum Arbeiten einzuspannen, und sie geht flirten!«
»Lass sie doch, ich glaube, es hat sie dieses Mal ganz schön erwischt«, sagte Marie. Sie bekam plötzlich einen verklärten Blick. »Die Liebe ist doch das Allerschönste, ach, wenn ich nur endlich, ups …« Marie verkniff sich die letzten Worte. »Jetzt hätte ich beinahe bezahlen müssen«, murmelte sie.
Franzi hatte sich unterdessen Antons Zettel geschnappt. Sie hielt das immer noch feuchte Papier an einer Ecke und kniff die Augen zusammen. »Der Anfang ist total verwischt, alles, was ich lesen kann, ist *Knabberherzen,* und dann kommen wohl die Zutaten: *80 Gramm Haferflocken, 80 Gramm Vollkornmehl, 80 Milliliter Milch, ein Ei, ein Esslöffel Honig, eine Prise Instant-Brühe.*«
Kim rümpfte die Nase. »Das klingt ja sehr …« Sie suchte nach dem passenden Wort.
»Gesund?«, ergänzte Franzi grinsend. »Egal, *wir* müssen die Dinger ja nicht essen.« Sie begann, die Zutaten zusammenzusuchen.
Eine halbe Stunde später kam Chrissie mit roten Wangen und Anton im Schlepptau die Küche. »Wir haben uns glatt verplappert. Aber ich habe jetzt, dank Anton, eine super Kundenliste, in der ich alles Nötige verwalten kann.« Sie kicherte. »Anton, deinen Keksauftrag bearbeiten wir natürlich kostenlos.«
»Ich habe schon den Teig angerührt«, sagte Franzi. »Bei wie viel Grad müssen die Kekse denn gebacken werden?«

»Ich glaube, bei 180 Grad.« Anton lächelte unsicher. »Meine Mutter macht sie sonst immer und schickt sie uns, aber sie bekommt gerade eine neue Küche und der Backofen funktioniert nicht.« Der junge Mann mit den dunklen Locken strahlte Chrissie an. »Ich bin froh, dass du den Backservice eröffnet hast. Jetzt kann ich meine Süße zum Nikolaus überraschen.« Anton lachte kurz auf. »Obwohl, ihr ist das ja eigentlich egal. Meine Lilly ist jederzeit auf Knabberherzen versessen.«

Chrissie sah Anton verstört an. Bevor sie etwas sagen konnte, fuhr er fort: »Du hast meine Nachricht ja gelesen, die dir Stefan gestern gegeben hat. Ich weiß, mein Auftrag ist vielleicht etwas ungewöhnlich – aber ich denke, du verstehst das mit Lilly. Ich habe das Gefühl, dass ich *dir* gar nicht viel erklären muss.« Er seufzte. Chrissies Mundwinkel fielen nach unten.

Anton zog seine Geldbörse aus der Hosentasche. »Hier, sieh sie dir an, und du weißt, was ich meine.« Er holte ein Foto heraus, auf dem eine hübsche junge Frau mit großen, kornblumenblauen Augen und langen kastanienbraunen Haaren zu sehen war. Sie wuschelte einem kleinen Hund über den Kopf und lachte dabei herzlich in die Kamera.

»Das ist meine Lilly. Ist sie nicht wunderbar? Hier war sie gerade mit Senta Gassi.«

Chrissie starrte mit versteinerten Gesichtszügen auf das Foto. Dann blinzelte sie Anton ungläubig an.

Die drei !!! hörten und sahen stumm zu.

Anton berührte leicht Chrissies Arm. »Ich muss jetzt gehen. Lilly wartet. Kann ich die Kekse morgen bei dir abholen?«

Chrissie holte tief Luft. Franzi merkte, wie schwer es ihr fiel, nicht die Beherrschung zu verlieren. »Ja«, krächzte Franzis Schwester.
»Klasse!« Anton sah sie von der Seite an. Er räusperte sich. »Sag mal, wir könnten morgen dann noch eine Runde im Schnee spazieren gehen und vielleicht Schlittschuh laufen, wenn du Lust hast. Ich kenne einen schönen, romantischen See, der jetzt zugefroren ist.«
Kim, Franzi und Marie hielten den Atem an. Wie dreist war das denn? Dieser Junge hatte Chrissie gerade von seiner Freundin vorgeschwärmt. Und jetzt wollte er Franzis Schwester zu einem romantischen Schneespaziergang einladen? Tickte der Typ noch ganz richtig?
Das Gleiche schien Chrissie zu denken. Sie stützte die Arme in die Hüften und sah Anton direkt in die Augen. »Was sagt denn Lilly dazu?«

Schockstarre

Franzi wartete gespannt auf die Antwort.
Anton pustete sich eine Locke aus der Stirn und lächelte Chrissie an. »Das finde ich ja nett, dass du fragst! Lilly liebt lange Spaziergänge im Schnee. Wenn du nichts dagegen hast, gehen wir einfach zu dritt!«
Chrissie schloss kurz die Augen und öffnete sie wieder. »Weißt du, eigentlich mag *ich* Schneespaziergänge überhaupt nicht«, sagte sie dann leise. Sie schüttelte langsam den Kopf. »Geht ihr mal schön zu zweit durch den Schnee.«
Anton blieb der Mund offen stehen.
»Ich glaube, du musst jetzt gehen. Ich habe hier noch viel zu tun«, presste Chrissie hervor. Sie schnappte sich das Nudelholz und begann mit kräftigen Bewegungen Teig auszurollen.

Die drei !!! trafen sich am nächsten Tag gleich nach der Schule im *Café Lomo.* Sie hatten am Abend spontan beschlossen, ihre Clubsitzung zu verschieben und dafür der geplagten Chrissie weiter unter die Arme zu greifen.
Das *Lomo* war, wie an fast allen Tagen, rappelvoll. Es war bei Schülern und Studenten sehr beliebt, weil es leckere Snacks und Getränke zu günstigen Preisen anbot und obendrein gemütlich eingerichtet war. Jetzt, in der Vorweihnachtszeit, waren die Fenster liebevoll mit silbernen Sternen geschmückt, und Mandarinen-Leuchten auf den Tischen verbreiteten einen herrlichen fruchtigen Duft.

»Wie geht es deiner Schwester denn?«, erkundigte sich Marie. Sie drehte ihre Tasse mit *Kakao Spezial* in den Händen und sah nachdenklich drein.
»Ich weiß nicht. Sie ist ja ziemlich hart im Nehmen. Und sie hat schon ganz andere komische Typen überlebt.« Franzi biss von ihrem Schoko-Muffin ab. »Dieses Mal kommt sie mir allerdings ziemlich geknickt vor«, nuschelte sie. »Ich soll euch jedenfalls liebe Grüße ausrichten. Sie ist echt froh, dass wir ihr geholfen haben und die *Keks-Company* heute alle ihre Päckchen pünktlich ausliefern kann.«
Marie seufzte. »Wenn das mit den Jungs nicht immer so schwierig wäre …«
»Vorsicht«, murmelte Franzi. »Sag nichts Falsches. Es könnte teuer werden.«
»Danke.« Marie klopfte ihr auf die Schulter. Die aufgefädelten silbernen Sterne im großen Fenster neben ihr gerieten sanft in Bewegung und klirrten leise. Marie fasste vorsichtig einen an. »Die sind ja hübsch! «
Kim räusperte sich. »Wir sollten uns jetzt endlich um unseren Fall kümmern. Ich muss um halb sechs schon wieder weg, um meiner Mutter beim Weihnachtsbasar in der Schule zu helfen.«
Marie und Franzi nickten und sahen Kim mitleidig an. Frau Jülich war Lehrerin an einer Grundschule und sehr engagiert in ihrem Beruf. Sie ließ kaum eine Gelegenheit aus, bei der sie etwas Soziales tun konnte. Und leider erwartete sie von Kim ähnlichen Einsatz.
Kim straffte die Schultern. »Ich würde mir jetzt gerne das Video von der Überwachungskamera ansehen.«

»Alles klar. Ich habe mein Pad dabei«, sagte Marie sofort. »Am besten, wir sehen uns den Film darauf an. Das Handydisplay ist zu klein, um Details erkennen zu können.«

»Wird gemacht!« Franzi zog ihr Handy heraus und schickte die Datei an Maries Tablet.

Die Mädchen beugten sich über den Bildschirm. »Der Anfang und das Ende sind natürlich nicht drauf. Ich konnte nur filmen, während Conrad nicht im Raum war«, sagte Franzi.

»Immerhin sind es drei Minuten.« Kim tippte auf die Bildleiste, in der die Zeitangabe stand. »Das ist doch eine ganze Menge, um den Täter genauer unter die Lupe nehmen zu können.«

»Gleich zieht er die Pistole«, flüsterte Franzi, »und die Kassiererin hebt die Arme. Jetzt!«

»Gruselig.« Marie verschränkte die Arme vor der Brust. »Die Kassiererin muss die schlimmsten Minuten ihres Lebens durchgestanden haben!«

»Sie wirkt aber ziemlich ruhig«, stellte Franzi fest. Sie rückte näher an das Pad heran, um das Gesicht der korpulenten, etwa fünfzigjährigen Dame mit den aufgesteckten Haaren besser sehen zu können. Aber die Qualität der Aufnahme war zu schlecht, um ihre Mimik erkennen zu können.

»Wahrscheinlich befand sie sich einfach in einer Schockstarre«, murmelte Kim. »Manche Leute sehen dann völlig gleichgültig aus, obwohl sie in ihrem Inneren die totale Panik haben.« Sie ging noch ein Stück näher an den Bildschirm heran. »Vom Gesicht des Täters kann man ja gar nichts erkennen. Der Bart verdeckt alles.« Sie seufzte. »Das wird richtig schwie-

rig. Natürlich trägt er auch noch Handschuhe, also hat er keine Fingerabdrücke hinterlassen.« Kim stutzte plötzlich. »Seine Hände sehen irgendwie komisch aus.«
»Das sind dicke Strickhandschuhe«, sagte Franzi. »Die sind ein Paar Nummern zu groß und schlagen Falten.«
Kim wuschelte sich nachdenklich durch die Haare. Sie machte von der Einstellung einen Screenshot und versuchte, das Bild zu vergrößern. »Mist, das hilft auch nicht, es wird total pixelig.« Sie ließ das Video erneut laufen.
»So, gleich gehen beide in den hinteren Raum, in dem der Tresor steht«, sagte Franzi. »Conrad hat mit gesagt, dass der Täter die Kassiererin gezwungen hat, den Tresor zu öffnen. Dann hat er die gesamte Tagseinnahme eingesteckt.«
Kim stutzte. »Diese 20 000 Euro stammen von einem einzigen Tag? Die machen aber einen guten Umsatz. Und das alles mit Zahnpasta, Waschpulver und Gummibärchen?« Sie zog die Stirn in Falten und schien im Kopf zu rechnen.
»Das habe ich Conrad auch gefragt«, sagte Franzi. »Die hohe Summe war eine Ausnahme. An diesem Tag wurden in einer Aktion Notebooks angeboten. Allein davon sind ungefähr fünfzehn Stück verkauft worden.«
»Alles klar«, murmelte Kim. Plötzlich tippte sie auf den Bildschirm. »Was ist das da an seinem Hals, ist das eine Kette?«
»Könnte sein«, sagte Marie. »Irgendwas hat kurz aufgeblitzt.«
Kim nickte. Die Aufzeichnung brach ab. »Das war's«, sagte Franzi. Sie nippte von ihrem *Kakao Spezial*.
Kim trommelte mit den Fingern auf der Tischplatte. »Ich finde es irgendwie merkwürdig, dass keine weiteren Kunden zu sehen sind.«

»Vielleicht hat der Täter so lange gewartet, bis außer der Kassiererin niemand da war?«, schlug Marie vor.
»Das könnte sein, ja, klar.« Kim lehnte sich in das Polster des Sofas zurück. Sie sah auf ihre Armbanduhr. »Ich habe nur noch anderthalb Stunden Zeit«, stellte sie genervt fest.
»Dann sollten wir jetzt gleich zum *Schönkauf* gehen und die Kassiererin befragen«, sagte Franzi.
»Das machen wir«, antwortete Kim. Sie holte ihren Geldbeutel aus dem Rucksack. »Mal sehen, ob sie überhaupt da ist. Womöglich hat sie sich zwei Wochen Urlaub genommen, um sich von dem Schock zu erholen.«
Franzi machte ein enttäuschtes Gesicht. »Stimmt, daran habe ich gar nicht gedacht. Das wäre ja blöd.«
Marie schüttelte den Kopf. »Die arme Frau musste einen Überfall erleben, du könntest ruhig etwas mehr Mitgefühl zeigen!«
»Ich habe auch einen Riesenschock bekommen, als der Kerl mit seiner Pistole vor mir stand«, beschwerte sich Franzi sofort. »Trotzdem bin ich am Montag ganz normal zur Schule gegangen.«
Marie grinste. »Tja, das war allerdings blöd von dir …« Sie wich Franzis Kitzelattacke geschickt aus und legte Geld auf den Tisch. »Ich lade euch ein! Und jetzt: Auf zu *Schönkauf*.«

Zehn Minuten später betraten die drei Detektivinnen den kleinen Drogerieladen. Wie in allen Filialen der *Schönkauf*-Kette waren die Regale dicht an dicht gestellt und ließen nur schmale Gänge frei. Es herrschte ein unglaublicher Betrieb. Glücklicherweise mussten die drei Detektivinnen sich nicht

in das Gedränge stürzen. Der Kassenbereich lag gleich beim Eingang und war gut einsehbar.
Franzi machte ein enttäuschtes Gesicht: Es gab zwei Kassen, aber nur eine davon war besetzt. Und die Frau, die am Band saß, war sehr dünn und ihre Haare waren raspelkurz und schwarz gefärbt. Sie hatte unzählige große Ringe mit dicken Glassteinen an ihren Fingern. Das war definitiv nicht die Kassiererin vom Video!
»Mist«, murmelte Franzi. »Sie ist nicht da. Jetzt müssen wir womöglich wochenlang warten, bis wir sie befragen können. Was machen wir denn jetzt?«

Franzi wird sauer

»Wo ist das Problem?« Kim zuckte mit den Schultern. »Wir fragen einfach die Frau, wann die andere Kassiererin wieder da ist, und kommen dann wieder. Notfalls ziehen wir in der Zwischenzeit andere Ermittlungsschritte vor.«
»Wobei wir für die Spurensuche wohl zu spät dran sind«, sagte Marie mit einem Blick auf die vielen Kunden, die sich im Laden befanden. »Seit Samstag sind hier bestimmt hunderte von Menschen durchgelaufen und haben ihre Finger- und Schuhabdrücke hinterlassen.«
»Richtig«, gab Kim zu. »Dafür können wir die Befragung der Budenbesitzer und von Frau Meinhard jederzeit durchführen. Und jetzt mal eins nach dem anderen: Wir sprechen die Kassiererin an.« Sie gingen zu der schwarzhaarigen Frau hinüber, die gerade im Akkord Weihnachtskugeln und Girlanden über den Scanner zog.
An der Kasse hatte sich eine lange Schlange gebildet. Ein Kunde forderte lautstark, dass die zweite Kasse besetzt werden sollte. Die Frau zuckte mit den Schultern und bekam einen verkniffenen Zug um den Mund. »Meine Kollegin kommt ja gleich«, rief sie mit schriller Stimme zurück. »Sie ist hinten im Lager. Einer muss schließlich die Ware auspacken!«
Die drei !!! sahen sich an. »Vielleicht haben wir ja doch Glück«, raunte Franzi ihren Freundinnen zu. Kim nickte. »Der Zugang zum Lagerraum ist, glaube ich, ganz hinten, neben dem Regal mit den Bio-Artikeln. Lasst uns nachsehen.«

Sie drängten sich zwischen den Kunden durch, die mit ihren Einkaufswagen die ohnehin engen Gänge verstopften.

»Treffer!«, rief Franzi, als sie tatsächlich eine Tür mit der Aufschrift *Lager – Zutritt nur für Personal* neben dem Bio-Warengestell vorfanden.

Die Tür war angelehnt. Sie spähten durch den Spalt – und klatschten sich ab: In dem Lager befand sich eine korpulente Dame, die eine blaue Kittelschürze trug. Sie hatte ihnen den Rücken zugekehrt und schnitt gerade Kartons auf.

»Hallo, entschuldigen Sie bitte!«, rief Kim.

Die Frau drehte sich um. »Junge Dame! Das ist das Lager, Kunden haben hier keinen Zutritt.«

»Ich weiß«, antwortete Kim und trat näher. Sie sah kurz auf das Namensschild, das auf dem Kittel der Verkäuferin heftete: *Betty Rüger.*

»Frau Rüger. Wir wollten nur kurz mit Ihnen sprechen.«

Die Kassiererin richtete sich ächzend auf. Sie sah Kim erstaunt an. »Mit mir? Wieso das denn?«

»Wir wollten Sie wegen des Überfalls letzten Samstag sprechen«, sagte Franzi. »Das waren doch Sie, oder?«

Auf der Stirn der Frau erschien eine steile Falte. »Wie meinst du das denn bitte?« Sie legte die Schere beiseite und wischte sich die Hände an der Kittelschürze ab.

Kim stieß Franzi in die Seite. »Meine Freundin meint: Sie saßen letzten Samstag hier an der Kasse, als der Laden überfallen wurde, richtig?«

Betty Rüger tupfte sich die Stirn mit einem Taschentuch ab. »Ja, das ist richtig«, sagte sie. »Es war ganz furchtbar. Aber was wollt ihr jetzt von mir? Wer seid ihr überhaupt?«

»Entschuldigen Sie bitte, wir haben ganz vergessen, uns vorzustellen«, beeilte sich Marie zu sagen. »Wir, also meine Freundinnen Franziska Winkler und Kim Jülich und ich, Marie Grevenbroich, betreiben zusammen ein Detektivbüro.« Sie zog ihr silbernes Etui aus der Tasche und reichte der Verkäuferin eine ihrer Visitenkarten. »Wir möchten helfen, den Täter zu fassen, der diesen Laden überfallen und Ihnen solch einen Schrecken eingejagt hat.«

Frau Rüger starrte die Karte an. Dann fixierte sie die drei Mädchen. »*Ihr* seid Detektivinnen?«
Kim lächelte müde. Diese Frage hatten sie schon häufiger gehört. Und wie so oft erklärte sie: »Wir haben schon vor längerer Zeit unsere Detektei gegründet und bereits zahlreiche Fälle im In- und so-gar Ausland gelöst. Wir arbeiten dabei eng mit der Polizei zusammen. Unsere Erfolgsquote beträgt 100 %. Sie können uns absolut vertrauen.«
»Also schön«, sagte Frau Rüger ungeduldig. »Aber was wollt ihr denn jetzt von mir?« Sie tupfte sich erneut die Stirn ab.

»Ich habe der Polizei doch schon alles erzählt. Ich muss hier meine Arbeit fertig machen, ich habe keine Zeit. Meine Kollegin braucht Hilfe an der Kasse.«

Franzi schüttelte unmerklich den Kopf. Betty Rüger schien ja nicht sehr beeindruckt zu sein von ihren detektivischen Leistungen. Und sie wollte sich offensichtlich auch nicht von ihnen helfen lassen. Aber schließlich ging es ja nicht nur um die Kassiererin! »Hören Sie, Frau Rüger«, sagte sie scharf, »ich bin dieser unheimlichen Weihnachtsmann-Gestalt ebenfalls begegnet – und ich würde die kriminelle Person sehr gerne erwischen, die mir solch einen Schrecken eingejagt hat.«

Die Verkäuferin zuckte zusammen. »Was sagst du?«, rief sie völlig verdattert. »Sie hat auch dich überfallen?«

»Nein, nicht wirklich, also …« Franzi erklärte in kurzen Worten, was passiert war.

Betty Rüger schwieg betroffen. Dann brach es aus ihr hervor: »Es tut mir leid, dass du das mitmachen musstest, ehrlich! Aber ich kann euch auch nicht weiterhelfen. Der Mann war so stark verkleidet, dass ich noch nicht einmal seine Augenfarbe erkennen konnte. Und ich war so durcheinander, dass ich mir auch nicht seine Größe eingeprägt habe, keine Details, überhaupt nichts.« Sie zuckte mit den Schultern. »Eigentlich möchte ich den ganzen Vorfall einfach vergessen. Man muss es doch so sehen: Gott sei Dank ist niemand zu Schaden gekommen, noch nicht mal die Firma hat einen Verlust erlitten; das gestohlene Geld wird nämlich von der Versicherung ersetzt.« Sie seufzte. »Wenn ich an dem Tag nicht alleine im Geschäft gewesen wäre, wäre vielleicht gar nichts passiert.«

»Sie sind ansonsten immer zu zweit?«, fragte Kim.
Betty Rüger nickte. »Ja, richtig. Raffaela, meine Kollegin, war am Samstag krank und es gab keinen Ersatz. Ich bin überzeugt, dass der Täter den Überfall nicht gewagt hätte, wenn zwei Kassiererinnen da gewesen wären.«
Kim nickte. »Das ist gut möglich.«
»Ich hoffe, dass wir demnächst mehr Personal bekommen. Das ist dringend nötig, aber die Geschäftsführung hat das bislang anders gesehen.« Die Verkäuferin sah auf die Wanduhr. »Himmel, ich muss jetzt wirklich weiter auspacken und dann an die Kasse! Wiedersehen, ihr drei!« Sie nickte Franzi zu. »Und alles Gute!«
»Danke schön.« Franzi gab Frau Rüger die Hand. »Und falls Ihnen noch etwas einfallen sollte, rufen Sie uns gerne an.«
»Das mache ich«, murmelte die Verkäuferin.
Die drei Detektivinnen zogen sich zurück.
»Ich hatte mir viel mehr von diesem Gespräch versprochen«, sagte Marie, als sie wieder vor dem Laden standen. »Eigentlich haben wir ja gar nichts erfahren.«
»Ich glaube, Betty Rüger hat Angst vor der Erinnerung an die Tat. Sie will einfach den Schrecken, den sie davongetragen hat, verdrängen.« Kim schulterte ihren Rucksack. »Wir müssen uns eben auf mögliche andere Zeugen konzentrieren.«
Marie und Franzi begleiteten Kim bis zur Bushaltestelle. Sie verabredeten sich für den kommenden Nachmittag zur Befragung von Frau Meinhard an der Eisbahn.
»Ach, und Franzi«, rief Kim, kurz bevor sich die Bustür schloss, »schickst du bitte das Video zu mir nach Hause? Ich will noch mal was ausprobieren.«

Kim beseitigt Spuren

Geheimes Tagebuch von Kim Jülich
Dienstag, 20:40 Uhr
Lesen verboten!!! Wobei … vielleicht trifft es ja heute die Richtige:
Mama, was ich dir immer schon mal sagen wollte: Ich hasse Weihnachtsbasare! Und ich hasse es, auf die Zwillinge aufpassen zu müssen!! Vielen Dank auch, dass du mich zu beiden Dingen kurz hintereinander zwingst!!! Heute Abend Häkellappen verkaufen, morgen Mittag also Hausaufgabenbetreuung der kleinen Monster. Danke dafür!!! Ich habe ja sonst nichts zu tun. Ich bin echt wütend!
Ich werde Ben & Lukas morgen so lange englische Vokabeln abfragen, bis ihnen die Ohren abfallen. Und danach nehme ich ihnen den Fußball weg und lasse sie Weihnachtsdeko basteln, bis ihnen auch die Finger abfallen. So, das habt ihr alle davon!!!

Detektivtagebuch von Kim Jülich
Dienstag, 23:55 Uhr
Ich bin todmüde. Aber ich muss trotzdem noch eine wichtige Entdeckung festhalten. Nachdem ich mich vorhin über meine Mutter auf- und dann wieder abgeregt habe, ist mir eingefallen, dass Franzi mir das Video der Überwachungskamera aus der Schönkauf-*Filiale geschickt hat. Ich habe mir alles noch einmal angesehen und dann zwei Screenshots mit meinem neuen Programm bearbeitet. Das Ergebnis ist immer noch nicht optimal. Aber die ganz groben Pixel sind weg und man kann ein paar*

Details etwas besser erkennen: Die Finger des Täters sehen extrem ›knubbelig‹ aus. Ich finde nicht, dass das nur der Stoff ist, der Falten schlägt, wie Franzi vermutet hatte. Es könnten verkrüppelte Finger sein!
Außerdem trägt der Täter mit 99 %iger Sicherheit eine Halskette. In einer Szene verrutscht sein Bart für einige Sekunden und etwas blitzt auf. Auf dem Screenshot ist es sehr gut zu erkennen.
Wenn diese Details wirklich stimmen, dann sind das wichtige Indizien, die uns zum Verbrecher führen könnten. Besonders die deformierten Hände sind natürlich ein auffälliges Merkmal. Franzi und Marie werden morgen Frau Meinhard befragen. Vielleicht hat sie eine Person mit verkrümmten Fingern in der letzten Zeit häufiger in der Nähe der Eisbahn gesehen. Der Täter muss die Gegend länger ausgekundschaftet haben, denn die Hintertür zum Geräteraum ist von außen nur schlecht zu erkennen.
Und um 17:00 Uhr, wenn ich mit meinem tollen Zwillingsbrüder-Betreuungsjob fertig bin, treffe ich Franzi und Marie in der Schönkauf*-Filiale. Wir wollen Betty Rüger noch einmal bitten, sich ganz genau an den Weihnachtsmann zu erinnern. Ich kann mir einfach nicht vorstellen, dass ihr weder die seltsamen Hände noch das Kettchen aufgefallen sind.*

Kim kam mit hochroten Wangen angelaufen. Franzi und Marie sprangen von der kleinen Bank auf, die im Eingangsbereich der *Schönkauf*-Filiale stand. »Was war denn los?«, fragte Marie. »Wir haben uns schon Sorgen gemacht!«
Franzi tippte auf ihre Armbanduhr. »Wir warten seit genau

14 Minuten. Gleich hätte ich dich angerufen. Du kommst doch sonst nie zu spät!«
»Es tut mir leid, aber es ging wirklich nicht früher«, sagte Kim atemlos. Sie ließ sich auf die Bank fallen und wickelte ihren langen Schal vom Hals. »Puh, ist mir warm, ich bin die ganze Strecke von der Bushaltestelle bis hierher gejoggt.« Sie hielt sich die Seiten und atmete tief ein.
Franzi grinste. »Das sind ja mindestens 600 Meter, alle Achtung!« »Ein richtiger Marathon!«, ergänzte Marie grinsend.
Kim lächelte müde. »Ja, macht ihr mich jetzt auch noch fertig. Nur immer drauf.«
Marie setzte sich neben Kim und legte den Arm um sie. »Erzähl, was ist passiert?«
»Meine Brüder haben wieder Mist gebaut.«
»Das tun sie doch ständig«, stellte Franzi fest. »Sonst kommst du deswegen aber nicht zu spät.«
»Aber dieses Mal habe ich mit dringehangen und musste Spuren beseitigen.« Kim zuckte mit den Schultern. »Ich sollte doch auf die Zwillinge aufpassen, weil meine Mutter heute Nachmittag in der Schulkonferenz saß. Ich hatte aber keine Lust darauf, mich mit den beiden Pappnasen zu beschäftigen.«
»Du hast sie also zum Fußballspielen nach draußen geschickt. Dann haben sie beim Nachbarn eine Schneelawine vom Dach losgeschossen – und er wurde darunter begraben?«, fragte Franzi.
Bei der Vorstellung musste Kim doch wieder lächeln. »Nein. Um so etwas zu verhindern, hatte ich ihnen den Fußball abgenommen. Großer Fehler! Ich habe angefangen, mit ihnen

Girlanden aus Goldpapier zu basteln. Ihr wisst schon, diese Kringel, die man wie Kettenglieder ineinanderklebt.«
Marie nickte. »Was kann denn da schon schiefgehen?«
Kim seufzte. »Ich habe ihnen gezeigt, dass man mit einer Heftzange statt mit Kleber viel schneller arbeitet.«
»Ja, und? Die Idee ist doch gut.«
»Das Tackern hat ihnen so gefallen, dass sie in zwei Stunden ungefähr zwei Kilometer Kringelgirlanden geschafft haben.« Kim zupfte einen Fussel von ihrem Schal. »Und dann haben sie das Zeug überall angetackert: an die Vorhänge, die Tischdecke, das Sofa, Lampenschirme … Ich habe oben in meinem Zimmer gelesen und nichts mitbekommen. Als ich runterkam, war das gesamte Wohnzimmer dekoriert. Ein einziger Goldrausch.«
Marie und Franzi kicherten los.
»Ihr habt keine Ahnung, wie schwer es ist, diese Klammern aus dünnem Stoff herauszukriegen, ohne etwas kaputt zu machen«, sagte Kim entrüstet. »Es hat mich über eine Stunde gekostet. Na ja, ist ja auch egal. Wir sollten jetzt endlich mit Frau Rüger sprechen.«
Sie liefen zum Kassenbereich. Beide Kassiererinnen saßen an ihren Plätzen. Die dünne, schwarzhaarige Frau trug heute, zusätzlich zu ihren vielen Ringen, große goldene Kugeln an den Ohren und mehrere Halsketten, die bei jeder Bewegung klackernd über ihr Namensschild *Raffaela Stein* schwangen.
»Sie sieht aus wie ein Christbaum«, sagte Franzi leise zu Marie.
»Fehlen nur noch die Kerzen«, flüsterte Marie zurück.
Sie kicherten.

»Frau Rüger?«, sprach Kim die Kassiererin an.
Betty Rüger drehte sich zu den drei !!!. »Hallo!«, rief sie und zog eine Packung Waschmittel über den Scanner. »Was führt euch denn wieder her?«
»Wir würden uns gerne noch mal mit Ihnen unterhalten, wegen des Überfalls«, sagte Kim. »Bei etwas mehr Ruhe. Wann hätten Sie denn heute oder in den nächsten Tagen mal Zeit?«
Betty Rüger schüttelte heftig den Kopf. »Kinder, lasst mich mit dieser Sache einfach in Ruhe.« Sie beförderte schwungvoll ein Flasche mit Spülmittel über den Scanner. »Ich sagte euch doch schon: Ich kann mich an nichts erinnern. Rein gar nichts! Und jetzt geht bitte, ihr stört hier bei der Arbeit.« Sie zog hektisch weitere Ware über den Scanner. »Macht 12,89«, sagte sie zu der Kundin.
Die drei !!! sahen sich an. Kim zuckte mit den Schultern. »Wir kommen hier nicht weiter«, flüsterte sie ihren Freundinnen zu. »Auf Wiedersehen, Frau Rüger«, sagte sie laut.
Die Kassiererin reagierte nicht.

»Die Dame war heute aber verdammt unfreundlich!«, schimpfte Kim, als sie vor der Tür standen.
Franzi nickte. »Sie war echt sehr seltsam. Und habt ihr gesehen, welchen giftigen Blick uns die dünne Kassiererin zugeworfen hat?«
Marie seufzte. »Wollen wir alles in Ruhe bei einem *Flunschpunsch* besprechen? Ich lade euch ein.«
Kim und Franzi nickten. Die drei Detektivinnen liefen zum Weihnachtsmarkt rüber.

Als sie an einer Reihe von Buden vorbeikamen, an denen Weihnachtsdekoration, Textilien und weitere kleine Geschenke angeboten wurde, reckte Marie plötzlich den Hals. »Wartet mal.« Sie steuerte auf die Auslage eines Stands zu. »Die sind ja süß!« Marie hielt einen kleinen Taschenspiegel hoch, dessen Rückseite über und über mit Glitzersteinen verziert, war. »Davon nehme ich gleich ein paar mit. Das ist doch ein tolles Weihnachtsgeschenk!« Marie zückte ihre Geldbörse.

Franzi betrachtete unterdessen fasziniert einen riesigen Standspiegel mit einem auffälligen, verzierten Rahmen. Das Muster war zum Teil auch in die Spiegeloberfläche eingraviert. Franzi ging näher dran. Plötzlich zischte sie: »Das gibt's ja nicht!«

Marie ist begeistert

Franzi drehte sich mit einem Ruck vom Spiegel weg und sah zu den Weihnachtsmarktbuden gegenüber. »Er ist es«, murmelte sie. Sie packte Marie vor lauter Aufregung so fest am Oberarm, dass ihre Freundin empört aufschrie: »Spinnst du?« Marie rieb sich mit schmerzverzerrtem Gesicht den Arm. »Musst du so fest zulangen? Das gibt einen dicken blauen Fleck. Was ist denn los?«

»Tut mir leid! Aber ich habe eben den Typen gesehen, im Spiegel!«

»Welchen Typen?« Marie schien etwas auf dem Schlauch zu stehen.

Kim hingegen sah sofort alarmiert in die Richtung, in die Franzis Blick ging. »An der Punschbude prostet sich eine Gruppe von Männern zu.« Sie sog scharf die Luft ein. »Einer von ihnen ist als Weihnachtsmann verkleidet. Meinst du den?«

»Genau! Es ist der Pistolen-Nikolaus«, rief Franzi ungeduldig. »Er ist es wirklich. Los, wir müssen ihn stellen!«

»Hey, nicht so schnell!« Kim konnte Franzi gerade noch an der Kapuze ihrer Windjacke festhalten. »Willst du hinlaufen und sagen: *Guten Tag, Sie sind festgenommen, ich habe Sie nämlich an Ihrem total ausgefallenen Kostüm erkannt. Als Weihnachtsmann verkleidet läuft ja momentan kaum jemand herum …«*

»Nein, natürlich nicht.« Franzi ballte die Fäuste. »Du hast ja recht. Mir sind eben die Nerven durchgegangen.«

»Bist du dir ganz sicher, dass er es ist?« Kim räusperte sich. »Ich könnte es nicht genau sagen. Aber ich kenne ja nur ein pixeliges Schwarz-Weiß-Video vom Täter, und du hast ihn leibhaftig gesehen.«

»Ich bin mir zu 99 % sicher«, sagte Franzi bestimmt. »Das Kostüm hatte viele Besonderheiten: diese doppelten goldene Bordüren, die großen Knebelknöpfe. Dann der wirklich riesige, gelockte Bart. Das alles trifft auch auf die Verkleidung dort drüben zu. Vor allem die Farbe stimmt, dieses dunkle Rot, fast schon brombeerfarben.«

»Wir müssen uns unauffällig an ihn heranschleichen, damit du ihn aus der Nähe anschauen kannst«, wisperte Marie. Sie legte den Taschenspiegel wieder zurück und zog ihre Freundinnen vom Stand weg.

Genau in dem Moment, als die drei Detektivinnen die Punschbude erreichten, wurde ein Stehtisch neben der Gruppe frei.

»Glück muss man haben«, flüsterte Kim Franzi zu. Sie drängten sich an den Gästen, die gerade aufbrachen, vorbei. Franzi und Marie wurden dicht an den Weihnachtsmann herangeschoben, während Kim geschickt auswich. »Ich hole uns was zu trinken«, rief sie und verschwand in der Menge.

Franzi musste sich sehr beherrschen, den Weihnachtsmann nicht an seinem langen Bart zu packen und laut anzuschreien. Stattdessen sagte sie höflich: »Entschuldigen Sie bitte!« Sie hoffte, dass der Mann das Zittern in ihrer Stimme nicht bemerkte.

»Schon gut«, rief der Weihnachtsmann fröhlich. »Kein Problem, Leute mit Berührungsängsten haben auf dem Weih-

nachtsmarkt schließlich nichts zu suchen!« Er hob sein Punschglas und prostete den jungen Männern zu, die sich im Halbkreis um ihn geschart hatten. »Richtig?«
»Richtig!«, grölte es fünfstimmig zurück.
Franzi betrachtete die Hände des Mannes. »Die sehen völlig normal aus, keinerlei Deformationen«, zischte sie Marie zu.
Einer der Männer schlug dem verkleideten Kollegen auf den Rücken. »Junge, du bist so derb! So einen Coup kannst auch nur du drehen. Auf dich!« Ihre Gläser klirrten gegeneinander.
Franzi und Marie erstarrten.
»Nicht so laut«, zischte der Weihnachtsmann. »Davon muss ja nicht gleich die ganze Welt erfahren.« Er sah sich unbehaglich um.
Franzi kam es so vor, als ruhte sein Blick einen Moment zu lang auf ihr. Dann drehte er sich weg und sagte etwas zu den anderen Männern. Seine Stimme war jetzt wesentlich leiser.
Kim kam mit drei Gläsern *Flunschpunsch* zurück. Sie stellte die Becher ab und beugte sich zu Franzi. »Habt ihr das Geld auf dem Tisch gesehen?«, flüsterte sie. »Da liegt ein Haufen Scheine und Münzen herum. Hat er etwa gerade wieder jemanden überfallen? Verteilt er jetzt die Beute?«
»Was?« Franzi versuchte, einen Blick auf den Nachbartisch zu werfen.
»Neugierig, junge Dame?«, rief einer der Männer. Er lachte laut los.
Franzi zog den Kopf ein.
Ab sofort unterhielten sich die Männer leiser und steckten die Köpfe zusammen.

Nachdenklich nahm Kim einen Schluck aus ihrem Becher. Dann beugte sie sich zu ihren Freundinnen rüber und flüsterte: »Abhörtaktik ›Kopfhörer‹? Vielleicht erfahren wir mehr.« Sie legte ihr Smartphone gut sichtbar auf den Tisch. Marie und Franzi verstanden sofort. Als erfahrene Detektivinnen hatten sie viele Tricks auf Lager, wenn es darum ging, Verdächtige zu belauschen. Sie holten ihre Ohrhörer aus den Taschen und stöpselten sie in das Gerät ein. Kim hatte zwei Doppeladapter angebracht, weil sie alle drei die gleiche Musik hörten, wenn sie zusammen joggen gingen. Dieses Mal jedoch wollten sie keine Musik hören.

Kim drückte sich ihre Hörer ebenfalls in die Ohren und tat so, als stelle sie den Player ein. Sie begann in einem imaginären Takt mit dem Kopf zu nicken. Marie und Franzi beobachteten sie genau und nickten und wippten in Kims Takt mit. »Yeah!«, rief Kim. »So cool!«, brüllte Franzi zurück. Marie strahlte und schnippte laut mit den Fingern.

Für die Männer musste es so aussehen, als seien die drei Mädchen am Nachbartisch gemeinsam in einen lauten Song versunken und bekämen von ihrer Umwelt nichts mit.

Natürlich war das nicht so. Aus den Ohrstöpseln drang nämlich kein einziger Laut. Dafür konnten die drei !!! unauffällig jedem Wort lauschen, das neben ihnen gesprochen wurde.

»Guckt mal, die beamen sich gerade woandershin«, rief einer der Männer. Er lachte. »So jung müsste man noch sein.«

Der Weihnachtsmann sammelte das Geld auf dem Tisch ein. »Also, die nächste Runde geht auf mich. Ihr sollt ja nicht zu sehr darunter leiden, dass ihr die Wette verloren habt und löhnen musstet.«

Die drei !!! sahen sich irritiert an. Was für eine Wette?
»Wenn mein Filialleiter rauskriegt, dass ich der Weihnachtsmann war, der heute Nachmittag die Nikolausfeier gestürmt hat, bin ich geliefert. Das ist euch ja wohl klar?«
Ein rothaariger Mann klopfte dem Weihnachtsmann auf die Schulter. »Keine Sorge, Timo, wir schweigen wie ein Grab. Deine Vorstellung war grandios. Du bist der lustigste Auszubildende, den die Sparkasse seit Jahren hatte! Wir stehen voll hinter dir.«
»Ja!«, stimmte ein blonder, pickeliger Mann zu. »Echt, wie du da reingekommen bist und gebrüllt hast: ›Der Nikolaus ist überall, dies ist *kein* Überfall!‹ Das war schon der Hammer!«
Ein dicker Typ in Trenchcoat begann heiser zu lachen. »Und dein Abgang erst: *Mein Ren*dite*tier wartet vor der Tür und steigt gerade, ich muss es in den Stall bringen, bevor es fällt*. Ich lach mich schlapp!«
Franzi schnipste weiter mit Marie und Kim im Takt. Die Gedanken schossen ihr durch den Kopf. Sie verstand gerade rein gar nichts. Was quatschten diese Männer für einen Blödsinn zusammen? Waren sie betrunken?
»Junge, du solltest übrigens immer Bart tragen, der steht dir ausgezeichnet«, rief der Rothaarige. »He, was ist denn das?«
Franzi riskierte einen Blick. Sie sah, wie der Mann etwas Glitzerndes aus dem Bart des Weihnachtsmanns rupfte.
»Du trägst zarte Silberkettchen, alle Achtung!«
»Hä?«, machte Detlev. »Das gehört mir nicht.«
Marie starrte auf die Männer. Sie stöpselte sich dabei langsam ihre Ohrhörer aus und nahm einen Schluck von ihrem *Flunschpunsch*.

Der Rothaarige ließ eine silberne Halskette zwischen seinen Fingern baumeln und betrachtete sie verwundert.
Marie machte große Augen. Sie beugte sich zu dem Mann rüber. »Das darf ja wohl nicht wahr sein!«, rief sie erstaunt.
Kim und Franzi wechselten einen Blick. Was hatte Marie vor?
»Da ist ja meine Kette!«, rief sie jetzt, scheinbar voller Begeisterung.
Timo runzelte die Stirn. »Wie bitte?«
»Sie haben mein Armkettchen! Wahrscheinlich ist es vorhin im Gedränge in Ihrem Bart hängen geblieben. Das ist ja toll, dass es nicht verloren gegangen ist.« Marie schenkte den Männern ein strahlendes Lächeln und schnappte sich die filigrane Kette aus der Hand des Rothaarigen.
Franzi blieb der Mund offen stehen. Was machte Marie da?

Ein wichtiges Beweisstück

»Vielen Dank!«, flötete Marie. Sie wickelte sich das Kettchen um ihr Handgelenk. Nach einem Blick auf den Verschluss seufzte sie: »Kaputt. Schade, das muss ich reparieren lassen.« Sie nahm die Kette wieder ab und ließ sie vorsichtig in das Seitenfach ihrer Tasche gleiten. »Aber immerhin ist das gute Stück nicht verloren gegangen.« Sie lächelte den Weihnachtsmann an. »Das ist doch verrückt, was? Einfach in einem Nikolausbart hängen geblieben. Das ist vielleicht eine schöne Weihnachtsgeschichte! Ich würde sie ja nicht glauben, wenn ich sie eben nicht selbst erlebt hätte.« Sie kicherte hysterisch.

Franzi und Kim verstanden überhaupt nichts. Aber sie nickten stumm.

»Der Bart ist übrigens wirklich klasse«, plapperte Marie munter weiter. »Überhaupt, das ganze Kostüm.« Sie betrachtete mit begeistertem Gesichtsausdruck die goldenen Knebelknöpfe. »Wunderschön, wun-der-schön! Wo bekommt man denn so etwas?«

<u>*Detektivtagebuch von Kim Jülich*</u>
<u>*Mittwoch, 21:00 Uhr*</u>
Wir sind heute einen großen Schritt in unserem Fall weitergekommen! Wir haben eine ganz heiße Spur zum Täter aus der Schönkauf-*Filiale! Das verdanken wir Maries unglaublichem Schauspieltalent und ihrer Kombinationsfähigkeit. Und einem glücklichen Zufall. Aber alles der Reihe nach.*

Zuerst der Zufall: Franzi hat auf dem Weihnachtsmarkt einen Mann entdeckt, der genau dasselbe Kostüm trug, das der Täter vom Überfall auf die Schönkauf*-Filiale anhatte. Wir haben den Verdächtigen natürlich sofort beschattet. Dabei stellte sich heraus, dass er bloß eine dumme Wette eingegangen war und als Täter nicht wirklich infrage kommt. Aber das Kostüm hat uns trotzdem weitergebracht. In dem Bart hatte sich nämlich ein silbernes Armband verfangen, die ganz offensichtlich nicht dem Mann gehörte.*
Als Marie das Schmuckstück gesehen hat, hat sie sich an das Überwachungsvideo erinnert. Darin hatten wir am Hals des Täters etwas entdeckt, das aussah wie eine Kette. Und sofort hat sich Marie gefragt, ob es sich nicht um ein und dieselbe Kette handeln könnte?!
Wenn das wirklich so ist, dann haben wir ein wichtiges Beweisstück in den Händen. Marie hat es nämlich tatsächlich geschafft, das Armkettchen an sich zu bringen! Und dann hat sie auch noch aus dem Typen herausbekommen, wo er das Weihnachtsmannkostüm herhat: Er hat ihn am Montagmorgen in einem kleinen Antiquitäten- und Kostümladen an seinem Wohnort ausgeliehen, nämlich in Billershausen.
Jetzt müssen wir nur noch in Erfahrung bringen, wer alles vor dem Mann, speziell am letzten Samstag, das Kostüm ausgeliehen hatte – und dann haben wir die Superspur zum Täter!
Wir werden gleich morgen nach Billershausen fahren und versuchen, die Adresse rauszukriegen.
Stefan hat sich mal wieder überreden lassen, uns mit dem Auto hinzufahren.

Geheimes Tagebuch von Kim Jülich
Mittwoch, 22:05 Uhr
Stopp! Lesen verboten! Wer erwischt wird, den setze ich die nächsten drei Jahre an die Kassen sämtlicher Basare, die Brigitte Jülich veranstaltet!!!
Mich hat es in unserem No-Jungs-*Fall übrigens als Erste erwischt und ich musste einbezahlen – obwohl die ganze Sache eigentlich nur ein Missverständnis war! Na wartet, Marie und Franzi, ihr kommt auch noch dran ;-).*
Vielleicht hätte Chrissie übrigens wirklich bei uns mitmachen und die nächsten Wochen die Finger von den Jungs lassen sollen. Ihre Geschichte mit Anton ist nämlich richtig blöd ausgegangen. Wenigstens kam ziemlich schnell heraus, was für ein Idiot der Typ ist, und Chrissie hat nicht so viel Zeit auf ihn verschwendet. Ich glaube, je älter die Jungs werden, desto bescheuerter stellen sie sich an. Mir tut Chrissie echt leid.

Am nächsten Tag trafen die drei Detektivinnen Stefan am verabredeten Ort in der Stadt.
»Rein mit euch«, rief er. »Ich steh im Halteverbot.«
Die drei !!! beeilten sich, in seinen alten Opel zu klettern. Franzi zog mit geübtem, kräftigem Griff die Beifahrertür neben sich zu. Es knirschte und quietschte fürchterlich, aber die Tür blieb zu. Stefan fuhr los.
»Zeig noch mal dein neues Armband, Franzi«, rief Marie von der Rückbank. Franzi streckte den Arm nach hinten. Sie ließ ein dünnes, hellbraunes Lederband mit bunten Knöpfen daran klimpern.
»Jonny hat dir ein echt süßes Nikolausgeschenk gemacht! Da

ist sogar ein kleiner weißer Bärenkopf dabei. Ich wusste gar nicht, dass es Knöpfe in der Form gibt.« Marie strich über einen der bunten Glasknöpfe. »Der Junge wird noch ein echter Frauenheld, wenn er so weitermacht.«
Franzi grinste. »Er lernt noch. Seine Mutter hat mir gesagt, dass er mir eigentlich eine Packung Fischstäbchen schenken wollte.«
»Wie bitte?«
»Weil Eisbären so gerne Fisch essen.«
Kim und Marie prusteten los.
»Mit dem Vorschlag seiner Mutter, mir ein Armband zu basteln, war er dann aber auch einverstanden. Die Knöpfe hat er ganz allein ausgesucht und sogar einen selbst aufgefädelt. Den Rest hat seine Mutter erledigt.«
»Echt nett!« Kim lehnte sich zurück. »Schade, dass Ben und Lukas nicht mehr so klein und süß sind.«
»Du bist echt ganz schön geplagt mit den beiden«, sagte sie mitfühlend. »Bin ich froh, dass ich einen netten großen Bruder habe.« Sie klopfte Stefan kräftig aufs Knie.
»Autsch!«, rief Stefan lachend. »Schlag den netten Bruder nicht so. Sonst überlegt er es sich das nächste Mal, ob er euch wieder durch die Gegend kutschiert.« Stefan setzte den Blinker und überholte einen Lastwagen. »Was habt ihr in Billershausen eigentlich vor? Muss ich mich darauf einstellen, dass ich euch mal wieder zu irgendeinem gefährlichen Tatort bringe, an dem ihr später mit Polizeigewalt befreit werden müsst? Und unsere Eltern machen *mir* wieder die Hölle heiß …«
Franzi sah Stefan beleidigt an. »Wir befreien uns immer

selbst, fast jedenfalls, und außerdem, nein, das ist kein Tatort …« Sie zögerte. Kim kam ihr zu Hilfe. »Wir wollen uns nur einen kleinen Laden ansehen, der Kostüme verleiht.«
»Ach. Und warum?«, bohrte Stefan weiter.
Jetzt sprang Marie ein. »Wir brauchen Engelskostüme.«
Es war Stefan deutlich anzusehen, dass er Marie nicht recht glaubte. »Ja, klar«, sagte er gedehnt und zog die Augenbrauen hoch. »Wahrscheinlich für euren Weihnachtsauftritt mit dem Kirchenchor, nehme ich an?«
Marie lächelte Stefan im Rückspiegel zu. »Genau!«
Stefan schüttelte grinsend den Kopf. »Ich geb's auf.«
»Da vorne musst du links abbiegen«, rief Franzi plötzlich. Sie kramte einen zerknitterten Ausdruck aus der Hosentasche und sah darauf. »Turbinenweg 7. Die erste rechts und wieder rechts, bei der Bushaltestelle, da müsste es sein.«
Stefan fuhr die genannte Strecke und hielt schließlich vor einem lang gestreckten, zweistöckigen Bau mit Klinkerfassade. Auf der Straße davor waren etliche Autos geparkt. Ein Schild war über der Einfahrt angebracht:
»Patrick Müller – Antiquitäten und Kostüme«
Franzi nickte. »Das ist es.«
Die drei !!! bedankten sich bei Stefan und kletterten aus dem Auto.
»Jetzt bin ich gespannt«, wisperte Marie ihren Freundinnen zu.
Kim seufzte. »Ich hasse Lügengeschichten.«
Franzi klopfte ihr auf die Schulter. »Die Wahrheit nimmt uns doch garantiert keiner ab: *Wir sind zufällig auf die Spur eines Täters gekommen, der einen bewaffneten Raubüberfall be-*

gangen hat und dabei ein Kostüm trug, das er in Ihrem Laden geliehen hatte. Bitte helfen Sie uns, den Verbrecher zu schnappen, indem Sie uns die Adresse raussuchen.« Sie schüttelte den Kopf. »Nein, so etwas nimmt uns bestimmt kein Mensch ab. Jeder würde denken, wir machen uns lustig über ihn. Aber mit unserer Geschichte kommen wir garantiert weiter, glaub mir!«

Nichts als die Wahrheit

Der überdachte Innenhof des Gebäudes war mit hübschen alten Möbeln und einer Menge Trödelkram zugestellt. Die drei !!! liefen staunend an trompetenden Gipsengeln, vergoldeten Zaunelementen und riesengroßen Bodenvasen vorbei. Franzi fiel fast in eine hinein, als sie sich über den Rand beugte, um das Echo zu prüfen.

Sie liefen weiter, vorbei an dutzenden von alten Vogelkäfigen, Zinnwannen in allen Größen, Blumenschalen, Koffern, Hutschachteln, Schaufensterpuppen, Kisten mit Büchern, Geschirr, Hüten, Pfeifen, Töpfen und verschnörkelten Gartenstühlen.

Und das war erst der Anfang. Als sie den Laden betraten, pfiff Kim durch die Zähne. Auch hier stapelten sich die alten Sachen bis unter das Dach. Aber das Beste war: Von der Decke hingen an meterlangen Stangen die verschiedensten witzigen und prachtvollen Kostüme. Es war eine kleine, aber feine Auswahl. Von A wie Apfelsine über P wie Prinzessin bis Z wie Zombie schien es Verkleidungen für jede Gelegenheit zu geben.

»Da hängt sogar ein Eisbärenkostüm«, stellte Franzi fest. »Jonnys Mutter hat mir übrigens erzählt, dass er sich eins zu Weihnachten wünscht. Sie musste es ganz oben auf seinen Wunschzettel für den Weihnachtsmann schreiben. Süß, oder?« Franzi wich zwei Mädchen aus, die sich gegenseitig Kostüme vor den Körper hielten und kicherten. »Hier ist ja richtig viel los«, sagte sie erstaunt.

In einer Ecke war eine Nische mit einem Vorhang abgetrennt, in der die Kostüme anprobiert werden konnte. Eine lange Schlange von Wartenden hatte sich davor gebildet.
»Der Laden scheint ja sehr beliebt zu sein«, sagte Marie. Plötzlich blieb sie wie gebannt vor einem Kleid stehen. »Ein Traum!«
Das Kleid war bodenlang, aus dunkelblauem Samt gefertigt und hatte einen weiten Rock mit gefalteten Schößchen in der Taille. Der Stoff war über und über mit silbernen Perlen bestickt, Lagen von schimmernder Seide und ein Hauch von Tüll vollendeten die Kreation.
»Wunderschön«, flüsterte Marie. Sie strich vorsichtig über den samtenen Stoff.
»Das würde dir bestimmt gut stehen«, meinte Franzi.
»Die *Königin der Nacht*«, sagte plötzlich eine Stimme dicht neben ihr. Sie sprang erschrocken zur Seite. Ein junger Mann war wie aus dem Nichts zwischen den Kostümen hervorgetreten. »Entschuldigung, ich wollte dich nicht erschrecken«, sagte er jetzt mit einem sympathischen Lächeln auf den Lippen. »Ich dachte nur, ihr könntet Hilfe bei der Auswahl gebrauchen. Ich arbeite hier regelmäßig, wenn mein Vater nicht im Laden sein kann. Ich kenne mich ziemlich gut aus.«
Franzi scannte aus alter Detektivgewohnheit sofort die Erscheinung des Jungen: *Ungefähr 16 Jahre alt, halblanges, dunkles Haar, braune Augen, ca. 1,70 Meter, sportlich. Skaterklamotten. Hat ein süßes Lächeln …* Franzi pustete sich nervös eine Ponysträhne aus dem Gesicht. Sie strich den letzten Satz aus ihrer Personenbeschreibung. Wie gut, dass Kim und Marie keine Gedanken lesen konnten.

»Das ist eines unserer Premium-Modelle«, sagte der Junge. »Es ist ein altes Opernkostüm.« Er nahm das Kleid und hielt es Marie hin. »Probier es doch mal an.« Dann sah er Franzi an. »Und dieses Elfenkostüm würde toll zu dir passen.« Er deutete auf ein schmal geschnittenes, lindgrünes Kleid mit zarten Federbesätzen an Ärmeln und Ausschnitt. »Wollt ihr auch zum Weihnachtskostümball im *Sugarland*?«, fragte er und sah Franzi tief in die Augen.

»Ähm«, Franzi räusperte sich, »wir … was? *Sugarland*?«, stammelte sie. »Der Freizeitpark hier in der Nähe?« Verdammt, was war denn mit ihr los?

»Genau«, sagte der Junge. »Die Kostümpartys, die sie dort veranstalten, sind immer sehr lustig.«

»Nein!« Franzi schüttelte heftig den Kopf.

Der Junge sah sie irritiert an. »Du findest sie nicht gut? Schade …« »Nein«, wiederholte Franzi und kämpfte verzweifelt gegen die Leere an, die sich in ihrem Kopf ausgebreitet hatte. »Ich meine, wir wollten eigentlich …«

Marie hängte das Kleid der *Königin der Nacht* wieder zurück. Sie warf Franzi einen Seitenblick zu und sprang ein: »Wir wollten eigentlich keine Kostüme ausleihen. Wir wollten etwas fragen.« Sie zog das Silberkettchen aus ihrer Tasche. »Wir haben das hier in einem Weihnachtsmannkostüm gefunden, das unser Onkel bei euch ausgeliehen hat. Jemand, der das Kostüm vorher getragen hat, muss die Kette verloren haben. Onkel Robert kommt erst in ein paar Tagen vorbei und bringt den Mantel zurück. Wir wollten aber, dass der Besitzer so schnell wie möglich seinen Schmuck wiederbekommt …«

»Das ist ja nett von euch«, sagte der Junge sofort. »Ich frage heute Abend gleich mal alle Kunden ab, die das Kostüm in der letzten Zeit ausgeliehen haben. Du müsstest mir nur sagen, welches es war.«
»Also«, Marie zögerte, »wir können sie gerne selbst zurückbringen. Bei euch ist so viel los, du hast doch bestimmt ganz andere Dinge zu tun. Es reicht völlig, wenn du uns die Namen und Adressen gibst. Wir kümmern uns dann um alles.«
»Ich weiß nicht. Kundendaten dürfen wir eigentlich nicht herausgeben.« Der Junge sah die drei !!! nachdenklich an.
Franzi hielt die Luft an. Sie war vorhin ziemlich verwirrt gewesen. Aber jetzt hatte sie sich wieder erholt und ihr Gehirn funktionierte einwandfrei. Und es sagte ihr, dass hier gerade etwas ziemlich schief lief. Was sollten sie denn jetzt machen? Sie sah Kim an, die fieberhaft zu überlegen schien.
Marie straffte die Schultern. »Also gut.« Sie nickte Kim und Franzi zu. »Dann sollten wir wohl die Wahrheit sagen, oder?«
Kim stimmte sofort zu. Aber Franzi zuckte unsicher mit den Schultern. Ob es das wirklich besser machen würde?
Der Junge fing plötzlich an zu lachen. »Jetzt verstehe ich.« Er schnipste mit den Fingern. »Ihr wollt Finderlohn kassieren!«
Die drei !!! sahen ihn entgeistert an.
»Ganz schön raffiniert, muss ich sagen. Aber wenigstens seid ihr so ehrlich und wollt die Kette dem Besitzer zurückgeben.« Er verschränkte die Arme. »Ihr hättet sie ja auch verkaufen können, um an Geld ranzukommen.«
»Hör mal!«, fing Kim empört an. »Wir würden so etwas niemals machen. Wir sind Det… Autsch!« Marie war Kim kräftig auf den Fuß gestiegen. »Ist doch unwichtig, was wir sind«,

sagte sie schnell. Sie strahlte den Jungen an. »Du hast recht. Wir würden die Kette gerne direkt beim Besitzer abliefern, weil es vielleicht eine kleine Belohnung gibt. Findest du das jetzt schlimm?«

»Geht so.« Der Junge verdrehte die Augen. »Irgendwie kann ich euch verstehen. Gerade in der Vorweihnachtszeit braucht man immer etwas mehr Geld. Auf den Weihnachtsmarkt gehen, Schlittschuhbahn, Geschenke besorgen, das haut ganz schön rein. Aber ihr hättet mir doch einfach die Wahrheit sagen können. «

»Ja«, sagte Marie zerknirscht. »Das mit der Wahrheit ist immer so eine Sache …«

Franzi zwinkerte dem Jungen zu. »Und, was ist? Gibst du uns die Adressen jetzt?«

Er seufzte. »Aber verratet mich bloß nicht. Von mir habt ihr sie nicht, wenn jemand fragt! Welches Kostüm hat euer Onkel denn ausgeliehen?«

»Es ist ein dunkelroter Weihnachtsmann-Mantel mit goldenen Verzierungen und Knebelknöpfen«, antwortete Franzi. »Mit einem riesengroßen Bart.«

»Wartet einen Moment«, murmerlte der Junge. Er lief zu einem Laptop, der auf einem Wandbord stand.

Zwei Minuten später drückte er Franzi einen Zettel in die Hand. »Es gab nur einen Kunden im letzten Vierteljahr, der das Kostüm vor eurem *Onkel Robert* ausgeliehen hatte: Hier ist die Adresse.«

Er sah Franzi verschmitzt an und hielt ihr einen weiteren Zettel hin. »Ich bin übrigens Kai. Und das ist meine Handynummer, nur so, für alle Fälle.«

Franzi lächelte und nahm das Papier. »Danke. Ich bin übrigens Franzi.«
»Und wieder wandern ein paar Euro in die Clubkasse«, flüsterte Kim ihr zu.
»Darüber sprechen wir noch«, zischte Franzi.

Eine Viertelstunde später saßen die drei Detektivinnen im Bus.
»Das war ja wohl ein voller Erfolg«, sagte Marie. »Wollen wir gleich zu der Adresse fahren und den Täter beschatten?«
Kim sah auf ihre Armbanduhr. »Es ist schon total spät. Ich muss jetzt wirklich nach Hause, sonst macht mir meine Mutter die Hölle heiß.«
Marie seufzte. »Dann muss ich es eben bis morgen aushalten.«

Frostbeulen

Die drei !!! trafen sich am nächsten Tag gleich nach dem Mittagessen am Eingang des Jakobiparks. Es war immer noch bitterkalt, aber die Sonne schien von einem strahlend blauen Himmel. Außer den drei Detektivinnen und zwei dick eingemummelten Kindern, die eine Schar Spatzen fütterten, war kein Mensch unterwegs. Der Schnee auf den Rasenflächen war unberührt und glitzerte in der Sonne, als hätte jemand Millionen winziger Diamanten verstreut.

»Also los!« Kim tippte auf den Zettel in ihrer Hand. »*R. Stein im Dahlienweg 7.* Das muss eines der Hochhäuser hinter dem Park sein. Leider habe ich keine Telefonnummer gefunden. Ich konnte also nicht anrufen und prüfen, ob jemand da ist.«

Marie lief los und rutschte mit ihren hochhackigen Stiefeln beinahe auf einer vereisten Stelle auf dem Parkweg aus. Kim konnte sie gerade noch festhalten.

»Ganz tolle Schuhe!«, rief Franzi und schüttelte den Kopf. »Ich verstehe nicht, wie du darin überhaupt laufen kannst.«

»Alles Übungssache«, schnaufte Marie. Sie hakte sich bei Kim und Franzi ein. »Und kein Problem, wenn man gute Freundinnen hat!«

Lachend setzten sie ihren Weg fort.

»Apropos *gute Freundinnen.*« Franzi grinste schief. »Dass ich wegen Kai in die Clubkasse einzahlen soll, finde ich ungerecht. Ohne meinen Flirt wären wir bestimmt nicht an die Adresse gekommen!«

»Vergiss nicht, ich musste sogar für ein Versehen bezahlen«, antwortete Kim. »Auch ein Flirt im Dienst der Detektivarbeit ist ein Flirt, basta.«
Marie drückte Franzis Arm. »Abgesehen davon, dass du das nicht alleine für den Fall getan hast. Gib's doch zu, der Junge hat dir gefallen.«
Franzi grinste. *»No comment.«*
»Ist ja auch egal – Hauptsache: *Cash*!«, antwortete Kim.
»Na gut.« Franzi gab sich geschlagen. »Wir geben das Geld ja eh zusammen wieder aus.«
Sie kamen am großen Parksee vorbei. Zwei Jungen in dicken Daunenjacken und großen Fellmützen spielten sich auf der gefrorenen Oberfläche mit Eishockeyschlägern einen Fußball zu.
»Ich kann mich gar nicht daran erinnern, wann der See das letzte Mal zugefroren war.« Franzi pustete ein weißes Atemwölkchen in die Luft. »Wahnsinn, wie kalt es ist. Ich bin gespannt, ob morgen überhaupt jemand zur Eisbahn kommt.«
»Einer ist bestimmt da«, sagte Marie. »Nämlich Jonny.«
»Hoffentlich.« Franzi sprang über eine Schneewehe. »Ich habe ein verspätetes Nikolaus-Geschenk für ihn: meine alten Bilderbücher vom *Kleinen Eisbär*.«
»Super Idee!«, sagte Kim. »Die Bücher habe ich geliebt.«
»Sagt mal, wie wollen wir jetzt eigentlich vorgehen, wenn wir die Adresse erreicht haben?«, fragte Marie.
»Das hängt davon ab, ob dieser *R. Stein* zu Hause ist oder nicht«, sagte Kim. »Wenn er da ist, ziehen wir unsere *Onkel-Robert*-Nummer weiter durch. Wir zeigen ihm die Kette und sehen, wie er reagiert. Du hast sie doch dabei?«

Marie nickte. »Aber was machen wir, wenn sie ihm nicht gehört?«
»Dann müssen wir rauskriegen, an wen er das Kostüm vielleicht weitergegeben hat, und diese Person aufsuchen.« Kim wickelte sich mit der freien Hand den Schal noch fester um Hals und Mund. »Und wenn der Verdächtige nicht da ist, sehen wir uns ein bisschen im Haus um, kommen vielleicht mit Nachbarn ins Gespräch. Wir müssen alles auf uns zukommen lassen und flexibel reagieren.«
»Ich will den verdammten Weihnachtsmann aber jetzt sofort erwischen!«, rief Franzi. »Warum muss das alles so kompliziert sein?«
»Tja«, murmelte Marie. »Wann war Detektivarbeit jemals einfach?«
Fünf Minuten später hatten sie den Südausgang des Parks erreicht. Sie überquerten die Fußgängerbrücke über eine viel befahrenen Straße und steuerten das dahinter gelegene Wohngebiet an. Es bestand aus großen, bunt bemalten Häuserblocks mit verschachtelten Zugangswegen.
Die drei !!! hatten einige Mühe, den Dahlienweg zu finden. Nachdem sie ein paar Mal in einer Sackgasse gelandet waren, entdeckte Kim endlich den richtigen Durchgang. »Hier geht es rein!«, rief sie.
Vor einem fünfstöckigen, in Blau- und Lilatönen gehaltenen Haus blieb Kim schließlich stehen. »Nr. 7, wir haben es geschafft.«
Marie tastete nach dem Tütchen mit der Kette in ihrer Manteltasche. »Ich bin bereit!«, sagte sie aufgeregt.
Sie suchten an der Klingelanlage nach dem Namen. In der

vierten Reihe von oben wurden sie fündig. »*R. Stein* – wir kommen«, murmelte Franzi.« Sie drückte auf den Knopf. Aber es tat sich nichts. Niemand meldete sich an der Gegensprechanlage. Franzi drückte erneut. Ungeduldig trommelte sie mit den Fingern neben dem Klingelschild. »Komm schon, Weihnachtsmann!«

Wieder tat sich nichts.

»Verdammt!«, rief Franzi.

Kim klopfte ihr auf die Schulter. »Ganz ruhig. Wie gesagt: Immer schön flexibel bleiben. Wir warten einfach ab, bis jemand aus dem Haus kommt, und sehen uns dann mal vor der Wohnungstür um.«

Als sich jedoch auch nach einer Dreiviertelstunde kein einziger Mensch im Eingang blicken ließ, wurde auch Kim ungeduldig.

Sie klingelte bei einem anderen Hausbewohner.

Doch niemand öffnete oder ging an die Sprechanlage. Kim versuchte es bei drei weiteren Schildern. Nirgends tat sich etwas.

»Das gibt's doch gar nicht. Irgendjemand muss doch …«

In dem Moment knackte es an der Sprechanlage. »Hallo!«, war eine zittrige Stimme zu hören. »Wer ist denn da?«

Die drei !!! klatschten sich ab. »Die Post!«, rief Kim in den Lautsprecher hinein.

Es kam keine Antwort. Leider ertönte auch nicht das Surren des Türöffners. Kim drückte erneut auf die Klingel.

Wieder tat sich nichts. Bis plötzlich schräg über ihnen, im vierten Stock, ein Fenster geöffnet wurde. Eine zierliche weißhaarige Frau lehnte sich heraus. Mit erstaunlich kräftiger Stimme rief sie aufgebracht: »Treibt eure Spielchen mit anderen, aber nicht mit mir! Die Post – ich lach mich tot! Verbrecher seid ihr und wollt uns alle ausrauben. Schleicht euch ins Haus hinein und dann zack, zack die Tür aufbrechen …« Die Dame holte tief Luft. Dann schrie sie weiter: »Verschwindet oder ich hole die Polizei!« Mit einem Knall wurde das Fenster wieder geschlossen.

Kim zog den Kopf ein. Sie war tomatenrot angelaufen.

Marie zuckte mit den Schultern. »Wenigstens achten sie hier auf ihre Sicherheit.«

Franzi zog ihre Hände aus den Taschen ihres Parkas und nickte. »Immer schön flexibel bleiben«, äffte sie Kim nach. »Ich würde sagen, wir sind jetzt mal total flexibel und …«, sie zog Kim und Marie vom Eingang weg, »hauen einfach ab!«

Zwanzig Minuten später saßen die drei Detektivinnen im *Café Lomo* und wärmten sich mit *Kakao Spezial* wieder auf. Nach ihrer peinlichen Flucht hatten sie beschlossen, einige Zeit abzuwarten, um dann erneut den Dahlienweg aufzusuchen.

Franzi hatte die Stiefel unter dem Tisch ausgezogen. Verstohlen rieb sie ihre eiskalten Füße. »Schade, dass wir keine Telefonnummer haben«, murmelte sie. »Es wäre viel geschickter, wenn wir einen Kontrollanruf machen könnten. Sonst stehen wir womöglich wieder vor verschlossenen Türen.« Sie tastete mit den Füßen unauffällig nach den Stiefeln und schlüpfte zurück in ihre Schuhe. »Ich stelle mich ungern noch mal umsonst in die Eiseskälte.« Sie rutschte unbehaglich auf ihrem Stuhl herum. Irgendwie fühlte sich der eine Fuß im Stiefel ganz komisch an. Hoffentlich hatte sie sich keine Frostbeulen zugezogen!

Kim nickte. »Meine Füße sind einzige Eisklumpen. Der eine fühlt sich auch so seltsam an …« Sie versuchte, einen unauffälligen Blick unter den Tisch zu werfen.

»Was ist eigentlich los mit euch?«, fragte Marie. »Ist da was unter dem Tisch?« Sie lüpfte die Decke mit dem goldenen Sternchenmuster – und brach in schallendes Gelächter aus. »Sehr chic, wirklich!«

Ihre Freundinnen sahen jetzt ebenfalls unter den Tisch.

»Franzi, gib mir sofort meinen linken Stiefel zurück!«, kicherte Kim.

»Nur, wenn du mir meinen gibst!«, antwortete Franzi lachend.

Sie tauschten, so dezent es ging, ihre Schuhe aus. Dann bestellten sie eine neue Runde *Kakao Spezial*.

Als die Bedienung die Becher an ihren Tisch brachte, fiel Franzis Blick zufällig auf den Eingang. Augenblicklich erschien eine steile Falte auf ihrer Stirn. »Seht mal, wer da kommt!«

Anton dreht durch

»Anton«, zischte Franzi. »Der Idiot.«
Die drei !!! beobachteten, wie der dunkelhaarige Junge seine beschlagene Brille abnahm und die Wirtin begrüßte. Er sah sich kurz suchend um, putzte die Brille, setzte sie auf und blickte sich erneut um. Die drei Detektivinnen hatte er scheinbar nicht gesehen.
Anton nahm auf dem letzten freien Barhocker an der Theke Platz und band eine Hundeleine an der Seite fest. Franzi sah, wie ein kleiner weißer Hund hinter den Tresen wuselte. Es war derselbe, der auf dem Foto mit dieser Lilly abgebildet war, das Anton vorgezeigt hatte. Senta war der Name, erinnerte sich Franzi. Sofort stieg wieder heiße Wut in ihr auf, als sie an die Szene in der Küche und Chrissies traurige Augen dachte.
Kim und Marie schienen auch daran zu denken. »Was deiner Schwester da passiert ist, wünscht man selbst seiner ärgsten Feindin nicht«, murmelte Marie.
Franzi nickte. »Chrissie will gar nicht über ihn reden. Sie lästert noch nicht mal über ihn. Ich fürchte, der Typ hat ihr echt das Herz gebrochen.« Franzi seufzte. »Aber wenigstens hat ihr sein Keks-Rezept etwas gebracht. Seit Chrissie die Herzcracker einer gesundheitsbewussten Mutter vorgeschlagen hat, wollen alle ihre berühmten Öko-Kekse haben.«
»Igitt.« Kim verzog den Mund. »Ich würde dieses Gesundzeug niemals essen.«
»Ich muss allerdings zugeben, dass die Kekse nicht schlecht schmecken«, meinte Franzi.

»Du isst ja auch Pferdeleckerlis«, sagte Marie. Sie schüttelte sich.

Franzi grinste. »Es gibt nichts Schöneres, als mit meinem Pony Tinka im Stall zu schmusen und knusprigen Leckerlis zu teilen!« Ihre Augen begannen zu leuchten.

»Also läuft bei Chrissie wenigstens das Geschäft gut«, stellte Marie fest.

»Und wie«, sagte Franzi. »Meine Mutter ist übrigens mit eingestiegen.«

Kim zog die Augenbrauen hoch. »Echt? Hat sie das Chaos in ihrer Küche nicht mehr ertragen, und backt jetzt lieber selbst?«

Franzi lachte. »So ähnlich. Zuerst ist sie eingesprungen, weil bei Chrissie mal wieder Notstand war. Aber jetzt hat sie Lunte gerochen. Sie hat sogar einen Aushang im Wartezimmer der Tierarztpraxis gemacht und Flyer in ihrem Landfrauen-Verein verteilt. Heute Morgen hat sie schon um sieben Uhr das dritte Blech ihrer Spezialität ›Chaoshaufen‹-Apfelkekse aus dem Ofen gezogen.«

Kim sah auf die Uhr. »Sorry, aber wenn wir noch mal in den Dahlienweg wollen, müssten wir jetzt langsam losgehen.«

Marie und Franzi nickten.

Sie bezahlten und drängten sich zum Ausgang vor. Als sie am Tresen vorbeiliefen, sahen die drei Detektivinnen demonstrativ an Anton vorbei. Aus den Augenwinkeln beobachtete Franzi, wie er gedankenverloren in einem *Kakao Spezial* rührte. Am liebsten hätte sie ihm das Glas abgenommen und über seinem Kopf ausgekippt. Es gehörte verboten, dass solch ein Typ ihr Lieblingsgetränk konsumierte!

Franzi war keine zwei Schritte an Anton vorbei, da rief er: »Hallo!«
Sie drehte sich halb um. Anton lächelte sie an. Franzi verdrehte die Augen. Sie wandte sich wieder ab und wollte so tun, als hätte sie ihn nicht gehört, da spürte sie, wie er ihr auf den Rücken klopfte.
»Warte doch mal!«
Sie blieb genervt stehen. Kim und Marie kamen zurück.
»Erkennst du mich nicht? Ich bin's, Anton. Wir haben uns am Montag bei euch in der Küche getroffen.«
Franzi sog scharf die Luft ein. Was erwartete der Typ? Sollte sie ihm um den Hals fallen und ihn dazu beglückwünschen, dass er ihre Schwester todunglücklich gemacht hatte?
Anton knetete seine Hände. »Ich wollte nur fragen, wie es Chrissie so geht. Ist sie immer noch so im Stress? Also, das mit dem Backservice ist ja eine ziemlich große Sache.«
Franzi fehlten die Worte. Sie starrte Anton an.
Er griff mit einer fahrigen Bewegung nach seinem *Kakao Spezial* und nahm einen großen Schluck. Als er das Glas wieder zurückstellen wollte, verfehlte er den Tresen knapp. Mit lautem Klirren zerbarst der Becher auf dem Boden und der Inhalt verteilte sich weitläufig.
»Mist!«, rief Anton. »Auch das noch.« Er bückte sich hektisch, um die Scherben einzusammeln.
Nach kurzem Zögern halfen ihm die drei !!!.
Anton bedankte sich. »Entschuldigt bitte«, murmelte er. »Ich bin etwas nervös. Ich schreibe gleich eine Klausur.«
Die Bedienung kam mit Schaufel und Besen und übernahm die restliche Reinigung.

Anton ließ sich auf den Barhocker fallen. Er sah sich suchend um. Dann schüttelte er den Kopf. »Ich muss in zehn Minuten an der Uni sein«, murmelte er. »Wo steckt Senta nur?«
Die drei !!! sahen sich irritiert an.
»Äh«, machte Franzi. Sie deutete auf die Leine, die am Tresen befestigt war. »Sie liegt hinter der Theke.«
»WAS?« Anton sprang wie von der Tarantel gestochen auf und warf sich über die Theke. »Was, wo, zum Teufel …«, hörte Franzi ihn stammeln. Er sah sich suchend um. Dann rutschte Anton wieder zurück. Er rückte seine Brille zurecht, die ihm auf die Nasenspitze gerutscht war. »Da ist sie nicht!« Er atmete tief ein. »Woher kennst du sie überhaupt?« Er fuhr sich durch das Haar. »Nein, du kennst sie doch gar nicht.« Er sah Franzi vorwurfsvoll an. »Findest du das etwa lustig? Ich glaube echt, du spinnst!«
Franzi musste kurz schlucken. Sie versuchte, sich einen Reim auf das völlig verrückte Verhalten dieses Typen zu machen. Aber sie kam auf keine Lösung. Der Hund befand sich definitiv hinter dem Tresen. Sie sah doch, wie sein Schwanz auf den Boden klopfte!
»Sag mal, nimmst du irgendwelche Drogen?«, rutschte es Franzi heraus.
Anton machte große Augen. »Also, das wollte ich *dich* gerade fragen! Es ist ja nicht zu fassen, du bist ja völlig durchgeknallt. Liegt das bei euch in der Familie?«
Der kleine weiße Hund kam schwanzwedelnd nach vorne. Anton strich ihm abwesend über den Kopf.
»Was ist denn hier los?«, fragte plötzlich eine freundliche Stimme hinter Franzi.

Sie riss den Kopf herum und sah in das Gesicht einer jungen Frau mit strahlend blauen Augen und kastanienbraunen Haaren. Es war die Frau von dem Foto, das sie in der Küche gesehen hatten. *Lilly,* schoss es Franzi durch den Kopf. Antons Freundin – die hatte gerade noch gefehlt!
»Senta!«, rief Anton erleichtert aus. »Gott sei Dank bist du endlich da!«
Franzi wurde es beinahe schwarz vor Augen. Jetzt verwechselte der irre Typ auch noch seine Freundin mit seinem Hund!
Und dann hörte sie die Frau lachen und sagen: »Bruderherz, am besten erklärst du mir morgen, was hier los war. Es tut mir leid, dass ich zu spät dran bin, aber ich musste erst den Schnee vor der Einfahrt wegschippen.« Sie klopfte Anton auf die Schulter. »Ich weiß ja, dass du wegen deiner Klausur nervös bist – aber du musst doch nicht gleich den ganzen Laden hier aufmischen. Ich nehme Lilly jetzt wie versprochen mit und du machst dir keine Sorgen mehr. Du schreibst deine Arbeit und gehst danach feiern, und Lilly und ich werden einen langen Schneespaziergang machen. Sie darf Unmengen von ihren geliebten Herzkeksen fressen und morgen Mittag bringe ich sie wieder zu dir in deine Studentenbude. Alles wird gut.«
Anton nickte dankbar. Er legte einen Fünf-Euro-Schein auf die Theke und packte seine Sachen zusammen.
Franzi schluckte. »Entschuldige bitte.« Sie sah die junge Frau eindringlich an. »Du bist … *Senta*?«
»Ja! Seit 22 Jahren nennt man mich zumindest so. Und wer seid ihr, wenn ich fragen darf?«

Franzi nannte tonlos ihren Namen und stellte Marie und Kim vor.
In der Zwischenzeit verabschiedete sich Anton von Lilly, seinem kleinen wuscheligen Hund. »Bis morgen«, rief er seiner Schwester zu. »Drück mir die Daumen für die Klausur.«
Franzi hob hilflos die Hand. »Anton, ich glaube, da gab es wohl ein kleines Missverständnis.«
Aber Anton war bereits im Gedränge verschwunden.
»Was für ein Chaos.« Marie legte den Arm um Franzi. »Das müssen wir deiner Schwester sofort erzählen!«
Franzi nickte. »Das würde ich jetzt echt gerne machen. Was meint ihr: Verschieben wir unseren Besuch im Dahlienweg auf morgen?«

Ordnung im Liebesleben

»Ja«, stimmte Kim sofort zu. »Lasst uns gleich zu dir nach Hause fahren.« Marie nickte ebenfalls.

Senta nahm Lilly hoch und wuschelte ihr über den Kopf. Sie sah die drei !!! fragend an. »Was war denn das für eine Aufregung?«

»Das ist eine etwas komplizierte Geschichte«, sagte Franzi. »Entschuldige bitte, aber wir haben es eilig. Ich muss ganz dringend meine Schwester treffen. Chrissie hat etwas völlig falsch verstanden.«

»*Chrissie*?« Die junge Frau zog eine Augenbraue hoch. »Ist das das Mädchen von der *Keks-Company*?«

»Ja«, sagte Franzi abwesend. Sie schulterte ihren Rucksack. »Woher kennst du sie überhaupt?«

»Anton hat mir von ihr erzählt«, unterbrach Senta sie. »Ich glaube, er hat sich Hals über Kopf in sie verliebt. Aber es hat ihn sehr verletzt, dass sie so abweisend auf Lilly reagiert hat!«

Franzi seufzte. »Das Ganze ist eine total blöde Verwechslungsgeschichte. Chrissie dachte, Lilly sei der Name seiner *Freundin*.«

Senta runzelte die Stirn. »Anton hat doch gar keine Freundin.«

»Ja, vielleicht«, sagte Franzi zögerlich, »aber er hat doch diese Herzkekse bei Chrissie bestellt und ihr dieses Foto gezeigt … und … da muss irgendwie alles durcheinandergeraten sein. Sie dachte jedenfalls, dass Anton die Kekse seiner Freundin schenken will.«

Senta schüttelte den Kopf. »Das Rezept ist doch eindeutig. Wie kommt deine Schwester bloß darauf, dass jemand Hundekekse für einen Menschen bestellt?«
»Eindeutig … äh … ja«, stotterte Franzi.
»Außerdem hat mir Anton gesagt, dass er Chrissie von Lilly erzählt hat.« Auf Sentas Stirn erschien eine steile Falte. »Komische Sache.«
Marie hatte sich als Erste wieder im Griff. Sie wickelte sich ihren Schal um den Hals und sagte: »Am besten fahren wir jetzt ganz schnell zu euch nach Hause. Wir müssen dringend mit Chrissie reden – schon allein, um ihr zu sagen, dass die *Keks-Company* gerade *Hundeleckerli* als Öko-Nascherei unter die Menschheit bringt.« Marie schüttelte sich.
Die drei !!! verabschiedeten sich hastig und liefen zur Bushaltestelle am Weihnachtsmarkt.
»Danke, dass ihr mitkommt«, sagte Franzi. »Ich glaube, ich kann in diesem Fall eure Unterstützung gut gebrauchen.«
Kim klopfte Franzi auf die Schulter. »Dieser *Keks-Fall* interessiert uns schließlich auch. Ich glaube, da gibt es noch ein interessantes Detail …«
»Seht mal!«, unterbrach sie Marie. »Sind das dahinten nicht die beiden Kassiererinnen vom *Schönkauf*?« Sie deutete zu einem edel ausgestatteten Stand mit einem weißen Vordach. Die Gäste saßen unter Wärmelampen auf Clubmöbeln an niedrigen Tischen und tranken Champagner.
»Ja!« Franzi entdeckte die beiden Frauen sofort. Der Gold-Christbaumschmuck der schwarzhaarigen Frau war einfach nicht zu übersehen.
Die Kassiererinnen prosteten sich mit zwei langstieligen Glä-

sern zu. Vor ihnen stand eine große Platte mit Hummerschwänzen.
»Die lassen es aber krachen«, murmelte Kim.
Marie zuckte mit den Schultern. »Es ist schließlich bald Weihnachten. Lass sie doch auch ihren Spaß haben.«
»Der Bus kommt!«, rief Franzi und rannte los.

Eine halbe Stunde später hatten die drei !!! das Bauernhaus der Familie Winkler erreicht. Und als sie die Küche sahen, staunten sie nicht schlecht: Chrissies *Keks-Company* lief auf vollen Touren. Alles schien völlig reibungsfrei zu funktionieren: Die Backzutaten lagerten griffbereit in großen Plastikkörben auf einem Beistellwagen, Teigschüsseln standen der Größe nach sortiert auf der Anrichte und goldbraun gebackene Apfelkekse kühlten auf dem Fensterbrett aus. Mehrere Kisten mit verpackten Plätzchen waren bereits neben der Tür aufgestapelt. Jedes Paket war mit einem Adressanhänger versehen.
Chrissie und Kari saßen am Küchentisch und schälten Äpfel. Aus dem CD-Player drangen Harfenklänge.
Franzi grinste. »Seit Mama in die Produktion eingestiegen ist, läuft es ja ganz gut hier«, sagte sie laut.
Chrissie und Kari hoben langsam die Köpfe.
»Ach, ihr«, sagte Chrissie einsilbig. Sie wechselte mit Kari einen langen Blick und legte ihren halb geschälten Apfel und das Messer auf dem Tisch ab. »Ihr kommt genau im falschen Augenblick. Jetzt müssen wir noch mal anfangen.«
Kari nickte heftig, sodass ihr Pferdeschwanz auf und ab wippte. »Ihr habt das *Orakel* gestört!«

»Aber sonst habt ihr hoffentlich keine Probleme?«, entfuhr es Franzi. »Veräppeln kann ich mich selbst!« Sie sog scharf die Luft ein. Chrissie war einfach unmöglich und würde es wohl immer bleiben. Franzi dachte tatsächlich einen kurzen Moment daran, einfach wieder zu gehen und Chrissie nichts von dem Missverständnis zu erzählen. Sollte ihre Schwester doch alleine zusehen, wie sie mit der Liebe klarkam! Kari konnte sie ja mit ihrem *Orakel* trösten.

Marie kam Franzi jedoch zuvor. »Chrissie, wir haben dir etwas Wichtiges zu sagen. Könnten wir dich mal einen Moment sprechen?« Sie räusperte sich. »Ihr könnt aber gerne zuerst das Apfelschalenorakel durchführen.«

»Das *was,* bitte?«, fragte Franzi.

Marie seufzte. »Ich weiß, dass du an übernatürliche Dinge nicht glaubst. Aber mit diesem Orakel kannst du herausfinden, welcher der Jungs, die du kennst, vielleicht dein Freund wird.«

Franzi bekam kugelrunde Augen. War das jetzt wirklich ernst gemeint?

Kari nickte mit verklärtem Blick. »Du kennst dich aus. Genau diesen Zauber wollte ich Chrissie gerade zeigen. Es wird höchste Zeit, dass sie mal Ordnung in ihr Liebesleben bringt.«

Kim zog die Augenbrauen hoch. »Mit … *Apfelschalen*?«

Maries Augen begannen zu glänzen. »Es soll eines der besten Liebesorakel überhaupt sein.«

Franzi schüttelte den Kopf. Marie war einfach nicht zu helfen. Sie glaubte immer noch fest an alle möglichen übersinnlichen Dinge, an Geister, Tarotkarten und eben auch ans

Wahrsagen. Das hatte auch die intensive Detektivarbeit, in der logisches und rationales Denken im Vordergrund stand, bislang nicht ändern können.

Marie seufzte. »Ich würde zu gerne zusehen.«

Kim und Franzi warfen sich einen Blick zu.

»Also gut«, sagte Chrissie. »Wenn ihr leise seid und nicht stört, dürft ihr zusehen.«

Marie nickte ehrfürchtig. Sie setzte sich im Schneidersitz auf die Eckbank. Franzi und Kim zögerten, nahmen dann aber neben ihrer Freundin Platz.

Chrissie und Kari wählten zwei neue Äpfel aus. Dann begannen sie im Takt der Harfenmusik zu schälen. Offensichtlich verlangte das Orakel, dass die Schale in einem Stück zu schneiden war. Beide Mädchen achteten konzentriert darauf, dass das Messer den länger werdenden Schalenkringel nicht durchtrennte.

Kari war als Erste fertig. Sie ließ ihre Schalenspirale zunächst in Höhe ihres Herzens vor sich baumeln, um sie danach drei Mal über ihrem Kopf kreisen zu lassen. Schließlich warf sie den Kringel mit geschlossenen Augen über ihre linke Schulter hinter sich.

Chrissie tat das Gleiche. Ihre Apfelschale klatschte an die Kühlschranktür, blieb einen Moment kleben, rutschte dann langsam hinunter und fiel schließlich zu Boden.

Franzi wartete gespannt darauf, was nun passieren würde.

»Nun werden wir lesen, was das Orakel uns sagt«, flüsterte Kari. »Du zuerst, Chrissie. Sieh, welchen Buchstaben des Alphabets du aus der Schale lesen kannst. Dies ist der erste Buchstabe des Namens deines neuen Geliebten.«

Chrissie lief zum Kühlschrank und starrte auf die Apfelschale am Boden.
Marie trat neugierig hinter sie.
Chrissie beugte sich weiter vor. Sie kniff die Augen zusammen. »Es sieht aus wie ein V«, sagte sie schließlich. »Aber ich kenne keinen Jungen, dessen Namen mit diesem Buchstaben beginnt.« Sie starrte weiter. »Nein. Das ist doch kein V. Die eine Schlaufe in der Mitte stört.« Sie legte den Kopf schief. »Aber wenn man es umdreht, ist es … ein A.«
Franzi zuckte zusammen.
Marie nickte langsam. »Ein *A*!« Sie warf einen bedeutungsvollen Blick in die Runde.

»A – wie *Anton*«, sagte Marie feierlich. »Das Orakel hat gesprochen. Und Chrissie hat seine Botschaft richtig gedeutet.«
Kim und Franzi verdrehten die Augen.
Chrissie sah Marie schockiert an. »Niemals! Dieser Typ wird unter Garantie nicht mein neuer Freund! Den will ich nie wieder sehen!«
Franzi räusperte sich. »Ich glaube zwar immer noch nicht an diesen Zauber. Aber ich finde, dass es ein schöner Zufall ist.« Sie klopfte ihrer Schwester auf den Rücken. »Hör dir erst mal an, was wir dir zu erzählen haben. Vielleicht änderst du deine Meinung noch.«
Chrissie schnappte nach Luft. »Was wollt ihr mir denn noch erzählen? Anton ist bei mir unten durch. Der wollte mir doch nur zu verstehen geben, dass ich ihn nicht interessiere. Oder, noch schlimmer, er wollte mich als seine Zweitfreundin haben.«
Kari legte einen Arm um sie. »Reg dich nicht auf. Bestimmt lernst du demnächst einen anderen Jungen kennen: Alex, Ali, Abel …«
»Das war doch alles nur ein Missverständnis«, unterbrach Kim sie.
»Hallo?«, zischte Chrissie. »Das war doch wohl eindeutig!«
Kim ließ sich nicht aus der Ruhe bringen. »Hast du den Zettel noch, auf den Anton das Rezept für die Herzkekse geschrieben hat?«

»Er hängt neben der Spüle an der Pinnwand, bei den anderen Rezepten.« Chrissie fuhr sich durch die Haare. »Wofür brauchst du den jetzt?«
Auch Franzi und Marie sahen sich fragend an.
Kim entfernte mehrere Blätter, die über dem Briefbogen befestigt waren, nahm ihn ab und faltete ihn auseinander. Die Schrift im oberen Teil war völlig verwaschen. Kim versuchte sie zu entziffern. Nach ein paar Sekunden sagte sie: »Das Bad im Spülwasser war sehr effektiv. Aber etwas ist noch lesbar: … *für Lilly, meinen Hund.* Es steht in der zweiten Zeile!« Kim blickte Chrissie vorwurfsvoll an. »Ich habe mir so was schon gedacht. Leute – das hätte doch wirklich genügen müssen. Hat sich denn niemand von euch das Schreiben von Anton mal genauer angesehen?«
Franzi sah betreten zu Boden.
Chrissie erstarrte. »Was?!« Sie kniff die Augen zusammen. »Du meinst, Lilly ist …«
»Der süße, wuschelige, kleine weiße Hund von Anton«, beendete Kim ihren Satz. »Und die Frau auf dem Foto ist seine Schwester. Sie heißt *Senta.* Wir haben sie alle zusammen vorhin im *Lomo* getroffen.«
»Senta hat uns übrigens gesagt, dass Anton keine Freundin hat«, ergänzte Marie.
»Oh nein.« Chrissie sackte zusammen. »Das darf doch wohl nicht wahr sein.«
Kari sah zwischen Chrissie und den drei !!! hin und her. »Dieser Anton hat also einen Hund namens Lilly, eine Schwester, die Senta heißt, und obendrein keine Freundin.« Sie klatschte in die Hände. »Dann ist doch alles in Butter!«

Sie schlug Chrissie auf die Schulter. »Ran an den Mann, würde ich sagen.«
»Oh nein!«, wiederholte Chrissie matt. »Was muss Anton denn von mir denken! Er ist davon ausgegangen, dass ich weiß, wer Lilly ist, weil er von ihr geschrieben hat. Aber ich Trottel habe es nicht gelesen.« Sie schlug die Hände vors Gesicht und fing an zu schluchzen.
Kari und die drei !!! schwiegen betroffen.
Chrissie schniefte. Franzi zog einen Stuhl neben sie, setzte sich und reichte ihr schweigend ein Taschentuch.
Chrissie schnäuzte sich. »Er muss mich doch für vollkommen bescheuert halten«, sagte sie dann. »Wenn ich daran denke, wie ich mich benommen habe! Wie peinlich!« Sie fing wieder an zu schluchzen und vergrub ihr Gesicht im Taschentuch.
»Von mir hat er, fürchte ich, auch keinen so guten Eindruck.« Franzi knetete die Hände. Sie verdrängte die Szene im Café ganz schnell wieder aus ihrer Erinnerung.
»Er denkt bestimmt, dass ich mit ihm nichts zu tun haben möchte, weil …«, Chrissie schluchzte auf, »weil er einen Hund hat! Oder noch schlimmer, dass ich auf seinen Hund eifersüchtig bin! Ich schäme mich so.«
»Es tut mir leid«, sagte Franzi zerknirscht. »Ich hatte den Zettel ja auch in der Hand und habe das mit Lilly übersehen.«
Chrissie starrte Franzi aus geschwollenen Augen an. »Die tolle Detektivin hat auch nicht aufgepasst.«
Franzi rückte wieder etwas von ihrer Schwester ab. Sie ärgerte sich ja selbst über ihre Unaufmerksamkeit. Aber noch

mehr ärgerte es sie, dass Chrissie ihr jetzt auch noch Vorwürfe machte. Sie war doch an allem selbst schuld! In Franzi stieg eine heiße Wut auf. Bevor sie Chrissie jedoch ordentlich die Meinung sagen konnte, kam ihr Kim dazwischen. »Ich ärgere mich auch, dass ich da nicht noch mal nachgehakt habe. Mir kam das Rezept irgendwie gleich so komisch vor …«

»Mist!«, rief Kari. Sie schlug die Hand vor den Mund. »Mensch, Chrissie. Wir verkaufen die ganze Zeit Tierleckerli als Ökogebäck.« Sie sprang auf und lief zu den Kisten an der Tür.

»Wo ist der Großauftrag für den Kindergarten? Die haben doch fünf Pakete bestellt.« Kari rückte die Kartons herum. »Wir müssen die Herzkekse rausnehmen. Wenn das rauskommt …«

»Den hat meine Mutter vorhin schon mitgenommen«, unterbrach Chrissie sie. »Sie ist heute Abend bei der Freundin eingeladen, die ihr den Auftrag vermittelt hat. Silke will die Kekse am Montag in den Kindergarten bringen.« Chrissie fing an, nervös im Kreis zu laufen. »Wenn das rauskommt und sich rumspricht, sind wir ruiniert! Dann kauft niemand mehr bei der *Keks-Company*.«

»Und an die armen Kinder denkst du gar nicht?«, warf Marie ein.

»Jetzt stellt euch doch nicht so an.« Franzi musste ein Grinsen unterdrücken. »Das sind doch keine giftigen Kekse. Da sind beste Zutaten drin und kein Zucker. Die sind einfach nur gesund. Und bislang hat sich doch niemand beschwert, oder?«

Kari schüttelte den Kopf. »Nein, im Gegenteil. Die krosse Konsistenz wurde immer gelobt.«
»Na also.«
»Trotzdem werde ich Mama jetzt gleich anrufen und sie bitten, die Herzkekse aus dem Verkehr zu ziehen«, sagte Chrissie.
»Und was ist mit Anton?«, wollte Kari wissen. »Rufst du ihn auch gleich heute Abend an und klärst das Missverständnis auf?«
»Ja, du könntest ihn fragen, wie seine Klausur war«, fügte Franzi hinzu.
Chrissie schüttelte den Kopf. »Nein!« Sie bekam sofort wieder rote Flecken am Hals. »Das ist viel zu peinlich. Ich kann Anton nie wieder unter die Augen treten. Nie wieder.«
»Das kannst du dir ja noch mal in Ruhe überlegen«, sagte Franzi. Sie zwinkerte ihren Freundinnen zu. »Nachdem das hier fürs Erste erledigt ist, müssen sich die drei !!! nun einem anderen Fall widmen. Wir ziehen uns zurück und sind für niemanden zu sprechen.«
Sie schnappte sich eine Flasche Cola und eine Tüte Chips aus dem Regal. Sie würden bei der gleich folgenden Clubsitzung eine kleine Stärkung vertragen können. Franzis Blick fiel auf mehrere kleine Zellophanbeutel, die mit roten Schleifen zugebunden und mit einem Tannenzweig dekoriert waren. »Was ist denn da drin?«
»Gebrannte Salzmandeln, nach einem Rezept von Oma Lotti«, antwortete Chrissie. »Ein Sonderauftrag von Papa. Er will sie als Weihnachtsgruß an Kunden verschicken.«
Franzi nahm eines der kleinen Tütchen. »Ich bin auch Kun-

din. Papa untersucht mein Pony Tinka und mein Huhn Polly schließlich regelmäßig.«
Bevor Chrissie etwas sagen konnte, ließ Franzi die Tüte in der Bauchtasche ihres Pullis verschwinden und zog Kim und Marie kichernd mit sich in den Flur.
Marie sah auf die große Wanduhr. »Was, so spät schon?«, rief sie. »In einer Stunde fängt die Probe für unser Weihnachtstheater an.« Sie nahm hektisch ihren Mantel von der Garderobe und schlüpfte hinein. »Es tut mir wirklich leid, aber ich muss da unbedingt hin.« »Und unser Fall?«, fragte Franzi.
Marie zuckte bedauernd mit den Schultern. »Zumindest haben wir heute den ›Keks-Fall‹ gelöst, das ist doch auch etwas. Den Weihnachtsmann jagen wir morgen wieder.«
Kim nickte. »Ich sollte jetzt auch schnell nach Hause.« Sie nahm ihre Jacke. »Am besten, wir kümmern uns gleich morgen früh um den Weihnachtsmann, um keine Zeit mehr zu verlieren. Treffen wir uns am Jakobipark und laufen gemeinsam zum Dahlienweg? Ist 9:00 Uhr okay?«
»Gut, so machen wir es«, seufzte Franzi. Sie zog den Beutel mit den Salzmandeln hervor und ließ ihn vor sich baumeln. »Dann kommt *ihr* jetzt eben nicht in den Genuss dieser überaus leckeren Mandeln.«
Marie machte plötzlich ein ernstes Gesicht. »Vorsicht«, sagte sie leise.
»Was ist?«, fragte Franzi mit großen Augen.

Im Flur lauert ein Monster

Franzi begrüßte Marie am nächsten Morgen mit einem gut platzierten Schneeball aus dem Hinterhalt. »Das ist für gestern Abend!«, rief sie und sprang hinter der großen Eiche beim Eingang des Jakobiparks hervor. »*Vorsicht!«,* äffte sie Maries Stimme nach. »*Vielleicht sind das keine Salzmandeln, sondern Hamsterdrops.* Haha, sehr lustig!«
Das Schneegeschoss hatte Marie genau in den Mantelkragen getroffen. Sie wickelte ihren Schal ab und schüttelte sich kurz. »Danke, jetzt bin ich wach.« Dann raffte sie blitzschnell eine Handvoll Schnee zusammen und schoss zurück.
Franzi wich geschickt aus. »Du bist einfach eine begnadete Schauspielerin!« Sie schleuderte den nächsten Schneeball.
Marie duckte sich weg, wurde aber am Knie getroffen. Sie formte einen neuen Ball und zielte. »Wieso? Ich habe mir wirklich Sorgen gemacht«, rief sie lachend. »Hätte ja sein können, dass Chrissie schon wieder ein Rezept missverstanden hat.«
Zack, der Schneeball traf Franzi voll auf den Bauch. »Ich hab vielleicht einen Schreck bekommen, als du plötzlich mit versteinertem Gesicht dastandest«, keuchte sie. Sie feuerte zwei Schneekugeln hintereinander ab, verfehlte Marie aber knapp. »Ich dachte, hinter mir im Flur lauert ein Monster!«
Marie bekam einen Lachanfall. »Ja, das glaube ich dir. Du hättest dein Gesicht sehen sollen. Göttlich!«
Franzi formte einen neuen Schneeball. »Und dann bist du einfach abgehauen! Ich will Rache, jetzt!«

»Eine Schneeballschlacht um 9:00 Uhr morgens«, rief plötzlich Kim. »Das nenne ich sportlich.« Sie hatte die Kapuze ihrer Windjacke über den Kopf gezogen und stapfte über die dick verschneite Wiese zu ihren Freundinnen herüber.
Franzi grinste. »Super, dass du dabei bist!«, rief sie und schleuderte ihren Schneeball auf Kim.
Kim drehte sich schnell um. Der Ball zerpulverte auf ihrem Rücken. Sie hob die Arme. »Stopp! Aufhören! Bitte! Ich habe heute schon genug Schnee gesehen!«
»Davon kann man nie genug haben«, rief Marie und zielte mit ihrem Schneeball auf Kim.
Kim machte ein säuerliches Gesicht. »Mir reicht es für heute wirklich!«
Marie und Franzi stellten das Feuer ein und liefen zu Kim. Marie zog sich die nasse Kaschmirmütze vom Kopf und schüttelte sie aus. Sie versuchte, ihre durcheinandergeratenen Haare zu bändigen. »Das Styling hätte ich mir heute Morgen sparen können«, stellte sie fest. »Na ja, Strafe muss sein.« Sie grinste und klatschte sich mit Franzi ab. »Quitt?«
»Quitt!«, antwortete Franzi.
»Was ist denn passiert?«, fragte Marie, als sie Kim erreicht hatten.
Kim zog die Kapuze nach hinten. Ihre Haare waren verwuschelt und ziemlich feucht. Sie versenkte die Hände in den Taschen ihres Parkas. »Ich bin in eine Falle getappt, die mir meine Zwillingsbrüder gestellt haben. Als ich heute Morgen aus dem Haus gegangen bin, waren die beiden schon im Vorgarten und haben in ihrem neu gebauten Schnee-Iglu gesessen. Sie haben nur kurz rausgeguckt, mir gewunken

und nett einen guten Morgen gewünscht.« Kim seufzte. »Ich hab mich so gefreut, dass sie mich einmal *nicht* mit Schneebällen bombardieren.«
Franzi zog gespannt die Augenbrauen hoch.
»Ich bin also ganz entspannt zum Gartentor gelaufen, und als ich an der großen verschneiten Tanne vorbei bin, begann plötzlich einer der Äste wie wild zu wackeln.«
»Und du hast den ganzen Schnee auf den Kopf gekriegt«, vollendete Marie Kims Satz.
»Genau.« Kim setzte wieder die Kapuze auf. »Die beiden hatten ein Seil an dem Ast befestigt und das andere Ende mit in den Iglu genommen. Genau in dem Moment, als ich unter der Tanne war, haben sie gezogen. Echt fies, ich habe überhaupt nicht damit gerechnet.«
Franzi schüttelte den Kopf. »Die betreiben aber einen ganz schönen Aufwand, um dich zu ärgern. Es war bestimmt nicht leicht, in die Tanne zu klettern und das Seil zu befestigen.«
Marie grinste schief. »Vielleicht solltest du es als echten Liebesbeweis nehmen, dass sie sich so große Mühe damit gemacht haben.«
»Haha, sehr lustig.« Kim warf Marie und Franzi einen beleidigten Blick zu. Schließlich musste sie aber doch lachen.

Zehn Minuten später hatten die drei Detektivinnen den Dahlienweg Nr. 7 erreicht. Ein Mann in einem grauen Kittel streute gerade Split auf dem Gehweg. Sonst war niemand zu sehen.
Franzi ging zielstrebig zum Hauseingang und drückte auf den Klingelknopf.

Sie warteten.
Und wieder tat sich nichts.
»Das gibt's doch nicht!«, rief Franzi.
Der Mann mit der Bommelmütze kam nun ebenfalls zum Eingang. Er zog ein Schlüsselbund aus der Manteltasche.
Die drei !!! sahen sich an. Das war *die* Gelegenheit, um wenigstens ins Haus zu kommen!
Franzi überlegte fieberhaft, was sie dem Mann erzählen sollten, damit er sie ins Haus ließ.
»Zu wem wollt ihr denn?«, fragte er plötzlich und sah Franzi an.
»Zu *Stein*. Wir …«, fing sie an.
»Die Raffaela ist nicht da, die arbeitet samstags«, unterbrach der Mann sie sofort. »Was wollt ihr denn von ihr und wer seid ihr eigentlich? Ich habe euch hier noch nie gesehen!« Er betrachtete die drei misstrauisch.
Kim und Franzi sahen zu Marie. Sie war in solchen Situationen nie um eine Ausrede oder eine kleine Flunkerei verlegen. Aber Marie schwieg. Sie runzelte die Stirn und schien scharf nachzudenken. Dann sagte sie: »*Raffaela … Stein* ist … ähm … eine Freundin und …«
Franzi stieß Marie leicht in die Seite. Was war denn nur los mit ihr?
Auch Kim sah verwirrt drein.
Raffaela Stein – Marie hatte den Namen betont deutlich ausgesprochen und dabei so starr vor sich hin gesehen, dass Franzi ebenfalls ins Grübeln geriet. Der Name kam ihr irgendwie bekannt vor. Auf einmal sah sie in ihren Gedanken eine Goldkette vor sich, die vor einem Namensschild auf

und ab schwang. Und plötzlich durchfuhr es Franzi heiß und kalt auf einmal: Die schwarzhaarige Kassiererin von *Schönkauf* hieß *Raffaela Stein*! Sie hatte einen kurzen Blick auf ihr Namensschild geworfen, als sie sich mit Marie über den auffälligen Schmuck lustig gemacht hatte. Franzis Herz setzte einen Takt aus, um dann doppelt so schnell weiterzuschlagen. War das bloß ein großer Zufall? Oder wohnte die Kassiererin tatsächlich hier, in diesem Haus? Das würde ja bedeuten … Franzi sah Marie an.

Ihre Freundin hatte sich jetzt wieder unter Kontrolle. Sie setzte ein nettes Lächeln auf und sagte: »Mensch, das haben wir glatt vergessen, dass Raffaela ja auch samstags arbeiten muss. Wir besuchen sie am besten gleich im Drogeriemarkt.«

Marie schien zu überlegen. »Wissen Sie, ob sie immer noch in der Filiale hinterm Marktplatz eingesetzt ist?«

Der Hausmeister sah jetzt weniger misstrauisch drein, stieß die Tür auf und sagte: »Ja, ich glaube, da arbeitet sie immer noch.« Er verschwand im Inneren des Hauses und ließ die Tür zuschnappen.

»Danke!«, rief Marie ihm hinterher. »Sie haben uns sehr geholfen«, setzte sie flüsternd hinzu.

Kim war die Kinnlade runtergeklappt.

Marie stemmte die Arme in die Hüfte. »Da staunst du, was? Ich habe mich plötzlich an das Namensschild der schwarzhaarigen Frau im *Schönkauf* erinnert.«

Kim nickte anerkennend. »Guter Detektivblick! Ich habe damals nicht so genau aufgepasst.«

»Deswegen sind wir ja auch meistens zu dritt unterwegs«, sagte Franzi.

Sie klatschten sich ab.
»Das ist natürlich eine sehr interessante Entwicklung in unserem Fall«, sagte Kim nachdenklich. »Wenn Raffaela Stein tatsächlich das Kostüm ausgeliehen hat, steht sie unter dringendem Verdacht, die Drogerie-Filiale überfallen zu haben.« Sie schüttelte langsam den Kopf. »Aber es gibt dabei eine Sache, die ich nicht verstehe.«
Marie sah sie neugierig an. »Was?«
»Ich brauche jetzt erst mal dringend etwas Nervennahrung«, stellte Kim fest. »Lasst uns auf den Weihnachtsmarkt gehen und eine heiße Schokolade trinken und Waffeln essen. Ich erklär euch auf dem Weg, was mir seltsam vorkommt.«

Die Falle schnappt zu

Kim knüllte die Serviette zusammen und legte sie auf den Teller. Sie spülte den letzten Waffelbissen mit einem Schluck Kakao herunter. »Jetzt kann ich wieder richtig denken«, sagte sie zufrieden.

»Du hast schon vor der Waffel richtig gedacht, finde ich.« Franzi nahm einen Schluck von ihrem *Flunschpunsch*.

Marie nickte. »Das kann man wohl sagen! Kaum hatten wir herausgefunden, dass Raffaela Stein dringend tatverdächtig ist, hast du auch schon gesagt, dass es seltsam ist, dass Betty Rüger ihre Kollegin dann nicht an der Stimme erkannt hat.«

»Das ist wirklich eine wichtige Frage«, stellte Franzi fest. »Das Überwachungsvideo hat ja keinen Ton. Aber man konnte deutlich sehen, dass die beiden sich unterhalten. Vielleicht hat die Täterin ihre Stimme verstellt, sodass die Kassiererin ihre Kollegin nicht erkannt hat.«

Kim runzelte die Stirn. »Schon möglich. Durch den Bart vor dem Mund dürfte ohnehin alles ziemlich dumpf geklungen haben.«

»Raffaela Stein könnte das Kostüm auch nur ausgeliehen und dann an eine andere Person weitergegeben haben«, gab Marie zu bedenken. »Und diese Person hat dann den Überfall ausgeführt.«

Kim und Franzi nickten. »Klar, so könnte es gewesen sein«, sagte Kim. »Dann müssten wir herausfinden, an wen Raffaela das Kostüm weitergegeben hat.«

Franzi drehte das Punschglas in ihrer Hand. »Das wird nicht

leicht sein. Wir müssen ja immer noch in Hinterkopf behalten, dass sie es doch war. Und wenn wir sie zu dem Kostüm offen befragen, wird sie misstrauisch werden.«

Marie zog das Silberkettchen hervor und ließ es zwischen Daumen und Zeigefinger baumeln. »Aber eines steht doch fest: Diese Kette wurde mit hoher Sicherheit vom Täter – ob Mann oder Frau – während des Überfalls getragen und ist dabei abgerissen und im Bart hängen geblieben.«

Sie steckte die Kette wieder ein und zog die Augenbrauen hoch. »Wenn wir herausfinden, wem sie gehört, haben wir den Verbrecher, der den Überfall ausgeführt hat.« Sie tunkte das letzte Stück ihrer Waffel in den Sahneklecks auf dem Teller und führte die Hand zum Mund. Auf halber Strecke hielt sie inne. »Ich habe eine Idee: Wir könnten unsere *Onkel-Robert*-Nummer etwas abwandeln.«

»Wie meinst du das?«, fragte Franzi.

Marie bekam vor Aufregung rote Wangen. »Ganz einfach. Wir stellen Raffaela Stein eine Falle. Wir müssen uns verkleiden, damit sie uns nicht wiedererkennt und womöglich Verdacht schöpft. Dann gehen wir zu ihr in den Laden und tun so, als hätten wir die Silberkette gerade auf der Straße davor gefunden und wollten sie bei ihr abliefern. Und dann warten wir ab.« Zufrieden schob sich Marie das Waffelstück in den Mund und kaute.

»Das ist genial!«, rief Kim sofort. »Wenn die Kette tatsächlich ihr gehört, wird sie ziemlich begeistert reagieren. Und dann hätten wir die Täterin.« Kim trank ihr Glas aus. »Wenn sie die Kette allerdings nicht kennt, müssten wir etwas improvisieren.« Sie zupfte sich nachdenklich an der Lippe.

»Mach es doch nicht gleich so kompliziert«, sagte Franzi. »Wir probieren es jetzt einfach mal aus. Dann sehen wir weiter.« Franzis Augen blitzten unternehmungslustig. Sie deutete zu dem Chor, der gerade auf der Bühne am Rand des Weihnachtsmarktes probte. »Ich weiß auch schon, welche Verkleidung wir nehmen können. Es muss etwas sein, dass um diese Jahreszeit häufig zu sehen ist – außer einem Weihnachtsmannkostüm natürlich …«

Marie sah zu den Mädchen und Jungen der Musikschule, die gerade *Jingle Bells* intonierten. Sie trugen weite, glänzende Gewänder, einen Goldsternenkranz auf dem Kopf und Flügel aus weißen Federn auf dem Rücken. »Einverstanden«, sagte sie. »Engel finde ich gut! Wenn wir uns noch Perücken aufsetzen, wird uns kein Mensch erkennen.«

»Wir könnten nach Billershausen zu dem Kostümverleih fahren. Kai macht uns bestimmt einen Sonderpreis.« Franzi verschob ihr Punschglas und sah ihre Freundinnen abwartend an.

Marie grinste. »Das wäre ja eine schöne Gelegenheit für dich, den Jungen wieder zu treffen.«

»Und für unsere *No-Jungs*-Kasse bestimmt eine schöne Chance auf eine weitere Summe«, ergänzte Kim kopfschüttelnd. Sie packte die leeren Pappteller zusammen.

Franzi boxte Kim leicht auf den Arm. »Quatsch! Es war nur so eine spontane Idee.«

»Vergiss es«, sagte Kim. »Mit dem Bus dauert es doch ewig, bis wir nach Billershausen kommen. Und ich glaube kaum, dass wir Stefan spontan dazu überreden können, dass er uns hinfährt.«

Franzi sah enttäuscht aus. »Das stimmt allerdings. Der schläft bestimmt noch tief und fest.«
»Außerdem muss ich zum Mittagessen zu Hause sein und du am frühen Nachmittag bei deinem Job auf der Eisbahn, wenn mich nicht alles täuscht«, bemerkte Kim.
Franzi riss die Augen auf. »Das hätte ich fast vergessen. Stimmt.« Sie klopfte auf ihre Tasche. »Hoffentlich ist Jonny da, ich möchte ihm doch die Bücher vom *Kleinen Eisbär* geben.«
Kim lächelte.
»Was haltet ihr davon, wenn wir schnell bei *Spielwaren-Meier* vorbeischauen«, schlug Marie vor. »Die haben eine gut sortierte Kostüm-Abteilung. Bestimmt gibt es dort in der Vorweihnachtszeit jede Menge Engelsflügel und Zubehör.«
»Aber die werden dort nur verkauft. Ich glaube nicht, dass man sie leihen kann«, gab Kim zu bedenken.
»Dann kaufe ich eben welche für uns. So teuer können die ja nicht sein.« Marie zuckte mit den Schultern.
Nach kurzem Zögern waren Kim und Franzi einverstanden. Marie war mal wieder, wie eigentlich immer, sehr großzügig. Ihr Taschengeldkonto war stets gut gefüllt, da ihr Vater als berühmter Schauspieler sehr gut verdiente und seine Tochter nach Strich und Faden verwöhnte. Marie teilte diesen Vorteil gerne mit ihren Freundinnen.
Die drei Detektivinnen liefen zu dem nahe gelegenen Spielzeuggeschäft. Tatsächlich gab es dort an einem Aktionsstand neben den üblichen Nikolaus-Mänteln auch weiße Umhänge, Engelsflügel zum Umschnallen und Heiligenscheine in den verschiedensten Ausführungen.

Marie hob ein Paar schneeweiße Flügel, die mit Goldglitzer überzogen waren, von der Stange. »Sind die nicht schön?«, sagte sie.
Franzi pustete sich ein paar Ponysträhnen aus dem Gesicht. »Ja, aber schön müssen sie ja nicht unbedingt sein. Wir wollen uns doch nur tarnen.« Sie griff nach einem einfachen Paar Flügel, das auf einem Wühltisch lag. »Hier, die sind doch auch in Ordnung.«
»Nein!«, rief Marie sofort. »Ich will auch mit Tarnung hübsch aussehen.« Sie nahm drei Paar der Goldflügel und legte sie auf einen Stuhl neben der Umkleidekabine. »Mal sehen, welche Umhänge dazu passen, sie müssen natürlich auch Verzierungen in Goldfarbe haben. Ich frag gleich mal nach.« Gut gelaunt ging Marie auf eine junge Verkäuferin zu.
Franzi schüttelte belustigt den Kopf. Auch Kim grinste. Manchmal war Maries Eitelkeit doch wirklich etwas übertrieben.

Nach einer halben Stunde verließen die drei Detektivinnen den Laden. Marie begleitete Kim und Franzi noch ein Stück über den Weihnachtsmarkt zur Bushaltestelle. Sie trug die große Tüte mit den drei Engelskostümen, die sie mithilfe der netten Verkäuferin zusammengestellt hatten. »Was haltet ihr davon, wenn ihr nachher gegen sieben Uhr zu mir kommt«, fragte Marie. »Dann können wir uns in aller Ruhe stylen, ich meine *tarnen*, und kurz vor Ladenschluss zu *Schönkauf* gehen.« Sie wich einer Frau aus, die mit zahlreichen Tüten und Taschen vorbeieilte.

Franzi und Kim stimmten sofort zu. Marie wohnte von ihnen am nächsten zur Stadtmitte. Sie würden von ihr aus knapp zwanzig Minuten bis zum Drogeriemarkt brauchen. Besonders Franzi war froh, nicht erst eine halbe Stunde in voller Engelskostümierung im Bus sitzen zu müssen.
Sie liefen an den Ständen mit den Süßigkeiten vorbei. Plötzlich blieb Kim stehen. Sie deutete auf eine Bude, in deren Auslage Lebkuchenherzen in verschiedenen Größen und mit unterschiedlichen Verzierungen hingen. Eine Seite des Stands war mit einer blinkenden Lichterkette in Herzform geschmückt. Eine größere Menschenansammlung drängte sich davor.
»Was soll das denn sein?«
Franzi sah Kim verständnislos an. »Jetzt erzähl mir nicht, dass du noch nie in deinem Leben Lebkuchenherzen gesehen hast!«
Kim grinste. »Na klar. Aber solche kenne ich wirklich nicht.«
Franzi trat näher. Dann fing sie an zu kichern.

Auch Marie kam an den Stand heran. »Halbierte Herzen«, murmelte sie. »Was soll das denn?« Sie betrachtete die großen Lebkuchenherzen, die in der Mitte getrennt waren. Die Hälften hingen an zwei separaten Bändern jeweils nebeneinander. Man konnte die Beschriftung noch gut erkennen.
»*HA-SI, SCHNU-CKI, EN-GEL, HER-ZILEIN*«, las Marie vor. »Die üblichen Kosenamen, die man auf den Dingern so hat. Aber warum die zwei Hälften?«
Franzi deutete grinsend auf ein Schild, das über den Lebkuchen angebracht war:

Zwei Stück – ein Glück: Finde deine passende Herzhälfte! Irgendwo in der Stadt läuft es herum, das andere Stück zu deinem Glück!

»Witzige Idee!«, sagte sie. »Man kauft sich eine Hälfte und hängt sie sich um. Und wenn man Glück hat, trifft man den, der die andere Hälfte gekauft hat, und lernt so vielleicht einen netten Menschen kennen.«
Kim grinste. »Es scheint zu funktionieren.« Sie wies mit dem Kinn auf zwei Elternpaare mit Kinderwagen, die stehen geblieben waren und sich angeregt unterhielten. Das eine Kind hatte eine Herzhälfte mit einem »HA« vor sich im Wagen liegen, das andere ein »SI«.
»Der HASI ist wieder komplett!«, stellte Franzi lachend fest. »Manche scheinen das Prinzip aber nicht ganz begriffen zu

haben«, sagte Marie auf einmal. »Die Jungs da zum Beispiel.«
Kim und Franzi drehten sich um.
Am Punschstand hinter ihnen hatten sich acht Jungen um einen Stehtisch versammelt und lachten sich gerade kaputt. Sie hatten jeweils halbe Herzen um den Hals hängen und hielten sie in verschiedenen Kombinationen aneinander. Als sie merkten, dass sie beobachtet wurden, rief einer von ihnen: »Hallo, ihr drei, kann eine von euch mal ein Foto von uns machen?« Er schwenkte sein Smartphone.
Marie grinste und nahm es. »Klar, macht euch bereit.« Sie kniff die Augen zusammen und las die neu zusammengestellten Kosenamen ab: »*HACKI, SCHNUSI, ENZILEIN* und *HERGEL!*« Sie drückte Kim die Tüte mit den Engelskostümen in die Hand, warf ihre langen blonden Haare zurück und schoss kichernd zwei Bilder.
»Wollt ihr euch nicht auch welche kaufen?«, fragte der Junge, als Marie ihm das Handy zurückgab. »Dann haben wir noch mehr Kombinationsmöglichkeiten.« Er lächelte sie an. »Was ist?«
Marie zögerte. Franzi zupfte sie am Ärmel und zischte: »Achtung!«
»Leider haben wir keine Zeit«, sagte Marie schweren Herzens und ließ sich von Kim und Franzi wegziehen. Marie seufzte.
»Ich finde, dass du in unsere Kasse einbezahlen musst«, raunte Kim, als sie einige Meter gegangen waren. »Du hast eindeutig geflirtet!«
Marie sah Kim unschuldig an. »Ich war bloß hilfsbereit.«
»Das kannst du deiner Oma erzählen«, antwortete Franzi lachend. »Ich bin auch dafür, dass du zahlst.«

Marie zwinkerte ihren Freundinnen zu. »Na gut. Aber das war es wert. Ich muss schließlich in Übung bleiben.«
An der Bushaltestelle verabschiedete sich Marie von ihren Freundinnen. »Ich will vor dem Mittagessen noch schnell zu dem Stand mit den Taschenspiegeln.« Sie ließ sich von Kim die Tüte wiedergeben und winkte. »Bis heute Abend!«
Franzi und Kim winkten zurück.

Pünktlich um sieben Uhr ließ Franzi ihr Fahrrad auf dem runden Vorplatz der Villa, in der Marie mit ihrer Familie wohnte, ausrollen. Sie sprang ab und schloss es neben dem Springbrunnen ab. Die neuen Spikes an den Reifen griffen im Schnee richtig gut. Franzi hatte die Strecke von ihrem Bauernhaus zu Maries Zuhause in Rekordzeit bewältigt. Das hätte sie mit dem Bus niemals geschafft.
Franzi drückte auf den Klingelknopf.
Die schwere Eingangstür mit dem bronzenen Löwenkopf darauf wurde geöffnet. Im Türspalt erschien ein Mädchengesicht. Es war von einem rotblonden Lockenschopf umrahmt, der der Mähne des Löwen an der Tür in nichts nachstand. Franzi musste ein zweites Mal hinsehen, um zu erkennen, dass sie Marie vor sich hatte.
»Komm rein, Kim ist auch schon da.« Marie zog die Tür weiter auf. »Wir haben schon mal Perücken ausprobiert.«
Franzi betrat die Eingangshalle mit der hohen, stuckverzierten Decke und dem dicken Teppichläufer auf dem Boden. Sie war schon oft bei Marie gewesen, dennoch war sie jedes Mal aufs Neue beeindruckt, wenn sie die Villa betrat.
Sie liefen die breite Holztreppe mit dem gedrechselten

Handlauf hoch. Maries Zimmer lag im ersten Stock. Kaum hatte Franzi es betreten, erstarrte sie: Kim saß auf dem Hocker vor Maries Frisierspiegel. Sie legte gerade rosa Lipgloss auf. Ihre kurzen dunklen Haare waren unter einer Perücke verborgen, die aussah, als hätte jemand einen Wischmopp toupiert und anschließend giftgrün gefärbt.

»Das ist nicht dein Ernst!«, rief Marie entsetzt. »Wo hast du die gefunden?«

Kim drehte sich zu ihren Freundinnen um. »Hi, Franzi! Marie, ich wollte nur mal sehen, ob mir Grün steht. Die Perücke lag ganz hinten in deinem Schrank.«

Marie seufzte. »Mein Vater hat mich, als ich noch ganz klein war, zu Fasching immer als *Plumpaquatsch* verkleidet. Das ist so eine bescheuerte Figur aus einer alten Kinderserie im Fernsehen. Er hat sie geliebt und wollte damit zeigen, wie sehr er mich liebt.«

Franzi schüttelte den Kopf. »Das hätte ich deinem Vater nicht zugetraut.«

Marie nickte. »Ich bin auch froh, dass er seine Liebe zu mir jetzt anders zeigt. Und Kim: Diese *Haare* gehen zu einem Engelskostüm wirklich nicht.«

Kim zog die verfilzten grünen Strähnen vom Kopf. »Keine Sorge.« Sie griff nach einem hellblond gelockten Berg vor ihr auf dem Tisch. »Die würde ich gerne nehmen.«

Marie nickte. »Sehr gut, die passt!« Sie lief zu einem kleinen Beistelltisch, auf dem eine Kanne Tee und Becher standen, und schenkte ein. Sie hielt Franzi den Becher hin. »Hier, nimm erst mal einen Schluck Apfelpunsch, du siehst total durchgefroren aus.«

Ein himmlischer Duft nach Apfel, Zimt und Gewürznelken durchzog das Zimmer. Franzi nahm die Tasse. »Danke, das kann ich jetzt wirklich gebrauchen.« Sie setzte sich auf eines der türkisfarbenen Sitzkissen im Erker. Auf dem Fenstersims hatte Marie die Kerzen in ihrem großen Kerzenleuchter entzündet und mehrere Mandarinen-Leuchten aufgestellt. Die ausgehöhlten Schalen leuchteten durch die Teelichte im Inneren hellorange und verbreiteten einen wunderbaren frischen Duft.

Nachdem Franzi sich etwas aufgewärmt hatte, probierte auch sie verschiedene Perücken aus Maries reichhaltigem Fundus an. Sie entschied sich für eine glatte, dunkelbraune Langhaarversion mit Pony.

Als die drei Detektivinnen fertig gekleidet und geschminkt waren, erkannten sie sich selbst nicht mehr. Aus dem großen Spiegel sahen ihnen drei mindestens fünfzehnjährige Mädchen entgegen!

Franzi wackelte mit einem Goldflügel. »Raffaela, du fieser Weihnachtsmann, heute erwischen wir dich!«

»Wenn, dann: Weihnachts*frau*«, merkte Kim an. Sie zog den goldenen Gürtel um ihre Taille enger. »Ich habe mir nach dem Mittagessen übrigens noch mal das Video angesehen. Dabei ist mir ein Detail aufgefallen, das uns bislang entgangen war.«

Marie stellte ihren Becher ab. Sie sah Kim neugierig an. »Was?«

»Die verkleidete Person läuft *vor* Betty Rüger zum Tresorraum. Es sieht so aus, als würde sie genau wissen, wo der Raum liegt.«

»Insiderwissen also«, rief Marie.
»Genau.«
»Wissen, das zum Beispiel nur Raffaela Stein hatte.«
»Natürlich kann es auch sein, dass Frau Rüger dem Täter erklärt hat, wo der Raum ist. Man kann ja leider im Video nichts hören.« Kim nahm einen Schluck Apfelpunsch.
Marie hielt die Silberkette hoch. »Wir werden unseren Köder jetzt auslegen. Dann wissen wir bald mehr.«
Die drei Detektivinnen packten die restlichen Sachen zusammen, die die Tarnung perfekt machten: drei Notenhefte und zwei Blockflöten, die Marie aus ihrem riesigen Kleiderschrank gezaubert hatte.
Kim sah auf die Uhr. »Halb acht.«
Sie klatschten sich ab.
Marie pustete energisch die Kerzen aus und lief mit wehenden Engelsflügeln voran.

»Wir müssen uns beeilen!«, rief Marie über die Schulter. »Der Laden schließt gleich und ich brauche jetzt unbedingt noch eine Cola!« Sie raffte ihr Engelsgewand und eilte an der Bank im Eingangsbereich der *Schönkauf*-Filiale vorbei.
»Jaha!«, sagte Franzi laut. »Meine Kehle ist auch total ausgetrocknet.« Sie strich sich eine dunkle Ponyfranse aus dem Gesicht. »Drei Stunden Chorprobe, puh, ganz schön anstrengend. Kommst du, Kimberley?!«
»Ich beeile mich ja!« Kim rannte ihren Freundinnen hinterher. Sie rollte ihr Notenheft noch etwas fester zusammen, damit der Titel nicht zu erkennen war. Kim hatte erst vor einigen Minuten festgestellt, dass Marie ihr »*Erste Frühlingslieder für die Blockflöte*« in die Hand gedrückt hatte. Sie wollte mit diesem unpassenden Detail keinen Verdacht erregen.
Franzi beobachtete aus den Augenwinkeln den Kassenbereich. Raffaela Stein saß alleine an der Kasse. Eine Kundin verstaute gerade einen großen Dekor-Engel in einer Tüte. Als ihr Blick auf die drei leibhaftigen Chor-Engel fiel, lächelte sie und sagte: »Ganz bezaubernd! Wie echte Engel seht ihr aus!«
Die drei !!! lächelten zurück.
Raffaela Stein sah sie kurz an, zeigte aber kein weiteres Interesse.
Marie nickte Kim und Franzi unauffällig zu. Ihre Tarnung funktionierte, die Kassiererin erkannte sie nicht!
Sie liefen zu dem Regal mit den Getränken. Es befand sich

schräg gegenüber der Kasse. Raffaela sah auf ihre Armbanduhr und blätterte dann in einer Zeitschrift.
Marie griff nach einer Colaflasche im Regal. Gleichzeitig ließ sie ihr Notenheft auf den Boden fallen. »Mist!«, rief sie, stellte die Flasche ab und bückte sich. »Das darf ja wohl nicht wahr sein, jetzt sind die Noten unter das Regal gerutscht!«
Marie streckte den Arm aus und tat so, als taste sie eine Weile nach ihren Notenblätter. Unauffällig zog sie dabei die Silberkette aus ihrer Hosentasche und hängte sie ans unterste Regalfach.
»Helft ihr mir mal? Ich kann meine Noten nicht finden«, bat Marie laut.
Kim und Franzi gingen neben ihr in die Hocke und tasteten ebenfalls unter dem Regal herum.
»Ich hab sie!«, sagte Franzi nach einer Weile. Immer noch auf allen vieren auf dem Boden hielt sie Marie das Heft hin. Plötzlich stutzte sie und machte große Augen. »He, was ist denn das?«
Die Kassiererin wurde unruhig. »Kann man euch helfen?«, rief sie den drei Detektivinnen zu.
Franzi pflückte die Silberkette aus dem Regal und hielt sie staunend in der Hand.
»Nein, es ist alles in Ordnung«, sagte Marie. »Mir sind nur meine Noten runtergefallen und …«
»Das war auch nicht zu überhören«, unterbrach Raffaela sie.
Die Kassiererin sah Marie missmutig an und trommelte mit den Fingern auf das Warenband. »Wir schließen in zwei Minuten!«
In diesem Moment kam Betty Rüger aus dem hinteren Teil

des Ladens. Sie hielt ein Schlüsselbund in der Hand. »Die Aktionsware für übermorgen ist bereit«, rief sie ihrer Kollegin zu. »Aber den Rest konnte ich nicht mehr auspacken. Das mache ich am Montagmorgen.«
Raffaela Stein nickte. »Alles klar.«
Frau Rüger lief direkt an den drei !!! vorbei.
Franzi, Kim und Marie wechselten einen nervösen Blick.
Die Verkäuferin nickte ihnen zu und lächelte freundlich.
Die drei Detektivinnen entspannten sich wieder. Auch Frau Rüger erkannte sie nicht!
Sie gingen zur Kasse und Marie deutete auf Franzi, die die Kette in ihrer Hand baumeln ließ. »Sehen Sie mal, was wir gerade gefunden haben! Dieses Silberkettchen hing im Regalboden bei den Limonadeflaschen.« Marie zuckte mit den Schultern. »Eine Kundin muss es verloren haben. Hier …« Sie legte den Schmuck auf die Geldablage am Band. »Vielleicht hat ja schon jemand danach gefragt?«
Raffaela Stein sah Marie zuerst irritiert an. Dann blickte sie auf das Kettchen und bekam kugelrunde Augen. »Das ist ja nicht wahr!« Sie grabschte sich das Schmuckstück und besah es von Nahem.
Die drei Detektivinnen hielten den Atem an.
»Kein Zweifel. Das ist meine Kette!« Die dünne Verkäuferin freute sich sichtlich, dass ihr Schmuckstück wieder aufgetaucht war. »Ich vermisse sie seit über einer Woche.« Sie strahlte die drei Mädchen an. »Toll, dass ihr sie gefunden habt! Zufälle gibt es!«
Franzi stieg die Zornesröte ins Gesicht. »Frau Stein! Wir haben diese Kette nicht *hier* gefunden!«

Die Frau runzelte die Stirn. »Was willst du damit sagen?«
Betty Rüger klimperte mit dem Schlüsselbund. »Ich würde jetzt gerne abschließen und Kassenschluss machen. Gibt es denn ein Problem?«
Marie straffte die Schultern. »Frau Rüger, wir haben soeben die Person entlarvt, die Sie letzten Samstag hier überfallen und 20 000 Euro erbeutet hat!«
Die Verkäuferin erstarrte.
»Ihre Kollegin Raffaela Stein war es!« Franzi schlug mit der flachen Hand auf das Warenband. »Sie hat sich ein Kostüm ausgeliehen und als Weihnachtsmann verkleidet den Überfall begangen. Die Kette hat sie verraten. Wir haben sie nämlich in dem Bart gefunden, der zu der Verkleidung gehörte!«
Betty Rüger begann zu taumeln und stützte sich am Türrahmen ab.
»Was soll das? Wer seid ihr? Woher kennt ihr mich?«
Franzi riss sich die Perücke vom Kopf. »Wir sind es, die drei !!!.«
Raffaela Stein sprang auf. »Die drei Schnüfflerinnen«, sagte sie mit vor Wut zitternder Stimme. »Aber das ist nicht wahr, das ist alles nicht wahr!« Sie sah hektisch zum Eingangsbereich.
»Versuchen Sie nicht zu fliehen!«, warnte Franzi sie. »Sie werden nicht weit kommen. Wir wissen, wo Sie wohnen!«
Zur Sicherheit stellten sich die drei !!! vor die schmale Schwingtür, die den Kassenbereich abtrennte. Hier würde Raffaela Stein nicht so schnell durchkommen.
Kim zog das Handy aus der Hosentasche. »Ich rufe jetzt die Polizei.«

Plötzlich ging alles ganz schnell. Die dunkelhaarige Verkäuferin flankte in einer erstaunlich geschmeidigen Bewegung über das Warenband und schlug Kim das Handy aus der Hand. Dann stieß sie zwei Ständer mit Taschenbüchern, Karten und Geschenkanhängern gegen die Mädchen und lief in Richtung des Ausgangs.
Franzi setzte sofort hinterher, und obwohl sie beinahe auf den am Boden liegenden Karten ausgerutscht wäre, konnte sie die Flüchtende mit einem Hechtsprung einholen. Sie zog der Verkäuferin die Beine weg und beide rollten über den Boden.
Kim und Marie eilten hinzu. Gemeinsam hielten sie die Frau am Boden fest.
Betty Rüger hatte Schweißperlen auf der Stirn. Sie schüttelte beständig den Kopf.
»Frau Rüger«, sagte Kim atemlos. »Rufen Sie die Polizei!«
»Ich … ich«, stotterte die Verkäuferin, »ich kann nicht!«
Die drei !!! sahen sich ratlos an. Die Frau schien sich in ihrem Schock nicht mehr bewegen zu können.
»Schließen Sie wenigstens die Tür ab!«, rief Kim hektisch.
Betty Rüger nickte mechanisch.
Raffaela Stein hatte in der Zwischenzeit den Widerstand aufgegeben. Sie lag ruhig da, atmete aber heftig. »Ihr könnt mich loslassen«, keuchte sie. »Ich laufe nicht mehr weg.«
»Wir lassen Sie erst los, wenn die Tür abgeschlossen ist!«, sagte Franzi. Sie sah zu der älteren Verkäuferin hinüber.
Betty Rüger hatte den passenden Schlüssel gefunden und drehte ihn zwei Mal im Schloss. Die drei !!! ließen Raffaela Stein los. Sie setzte sich mit ausdruckslosem Gesicht auf.

Betty Rüger kam jetzt langsam zu ihnen rüber. Sie tupfte sich die Stirn mit einem Taschentuch ab.
Kim hob ihr Handy auf und setzte den herausgefallenen Akku wieder ein.
Betty Rüger biss sich nervös auf die Lippe. »Am besten gehen wir alle zusammen in die Teeküche. Dort ist ein Telefon. Dann können wir die Polizei rufen.«
Kim steckte das Handy ein und nickte. »Gute Idee.«
Auf dem Weg zur Teeküche mussten sie über die am Boden verstreuten Bücher steigen, die vorhin aus dem Ständer geschleudert worden waren. Franzis Blick blieb an einem Cover hängen: Ein großer, weißer Flügel auf schwarzem Grund war darauf zu sehen. Darüber prangte in blutroten Buchstaben der Titel: *Engel in Gefahr*.
Franzi schluckte. Ein ungutes Gefühl stieg in ihr hoch.

Augen im Dunkeln

»Hier geht es lang«, sagte Betty Rüger und deutete in Richtung der Biowarenregale. »Meine *Kollegin* kennt ja den Weg.« Sie durchbohrte Raffaela geradezu mit ihrem Blick und lief zur Eingangstür. »Ich sperre nur noch zur Sicherheit das Bodenschloss ab.«
Raffaela ging mit Kim und Marie an der Seite voraus.
Franzis ungutes Gefühl hielt an. Sie konnte sich nicht erklären, warum das so war. Sie hatten gerade eine Verbrecherin geschnappt und Kommissar Peters würde sie in spätestens zehn Minuten direkt hier abholen. Die drei !!! hatten wieder einmal bewiesen, dass sie einen untrüglichen Spürsinn besaßen. Sie hatten kombiniert, eine raffinierte Falle gestellt – und gewonnen! Warum war ihr jetzt mulmig zumute? Sie warf einen prüfenden Blick auf Raffaelas Rücken. Sie schien sehr angespannt zu sein, unternahm aber keinen Fluchtversuch mehr.
»Ist die Küche hinter dem Lager?«, wollte Kim wissen.
Raffaela antwortete nicht. Sie öffnete die Tür mit dem Schild »*Lager – Nur für Personal*« und blieb stehen.
»Hallo?« Kim wedelte mit der Hand vor dem Gesicht der Kassiererin. »Ich rede mit Ihnen!«
Plötzlich waren eilige Schritte zu hören. Betty Rüger kam keuchend angelaufen.
»So sehr beeilen müssen Sie sich nun auch wieder nicht«, versuchte Marie sie zu beruhigen. »Wir … was machen Sie da?!«

Franzi spürte einen heftigen Stoß und wurde gegen Kim geschleudert. Im selben Moment machte Raffaela Stein einen Ausfallschritt hinter Marie und stieß sie mit voller Wucht in den Rücken. Marie schrie auf.
Die drei !!! stürzten gleichzeitig in den dunklen Raum hinein. Franzi prallte mit der Schulter auf einen harten Gegenstand und wurde zur Seite geworfen. Ein heißer Schmerz durchfuhr sie. Dann landete sie rückwärts in einer weichen, nachgiebigen Masse. Sie sah, wie Betty Rüger den Kopf durch den Türspalt steckte. In ihrem Blick lag Panik.
»Was machen Sie?«, rief Franzi verzweifelt. »Was soll das?«
Die Kassiererin schüttelte den Kopf. Dann fiel die Tür mit einem donnernden Schlag zu und ein Schlüssel wurde hastig im Schloss gedreht. In dem fensterlosen Raum war es jetzt stockdunkel.
Franzi versuchte ruhig und regelmäßig zu atmen. Ihre rechte Schulter schmerzte, aber sie hatte sich wohl keine ernsthafte Verletzung zugezogen.
»Franzi, Kim?«, ertönte Maries zitternde Stimme ganz nah. »Seid ihr in Ordnung?«
»Ja«, presste Franzi zwischen zusammengebissenen Zähnen hervor. »Zumindest mein Kopf ist heil geblieben. Ich habe mir nur die Schulter geprellt.«
»Ich bin in einem Karton gelandet, glaube ich«, war jetzt Kim zu hören. »Mit etwas sehr Weichem darin.« Sie stöhnte. »Es fühlt sich an wie tote Tiere!«
»Was?«, quiekte Marie. »Ich habe hier auch so etwas Merkwürdiges, Haariges unter mir …« Marie quietschte auf. »Ich glaube, ich habe eine Nase berührt!«

Es raschelte heftig. Offensichtlich versuchte Marie den toten Tieren zu entkommen.
»Was geht hier vor sich?«, rief Franzi. Sie rappelte sich auf.
»Wir brauchen Licht!«, rief Kim.
Es raschelte erneut laut.
»Was ist das? Bewegen sich die Tiere?«, flüsterte Marie.
»Das bin ich«, war Kim zu hören. »Ich versuche, an meine Mini-Taschenlampe in der Hosentasche ranzukommen. Aber dazu muss ich erst aus diesem Engelskostüm rauskommen. Blöde Flügel! Autsch!«
»Was ist?«
»Der verdammte Heiligenschein hat sich in meinen Haaren verheddert.«
Weiteres Rascheln und Klirren war zu hören.
»So, ich hab sie.«
Ein winziger Lichtschein blitzte auf. Dann entfuhr Kim ein lauter Schrei. Marie begann panisch zu kreischen und Franzi ballte die Fäuste. »Was ist?! Kim?!«
»Schon gut, alles in Ordnung«, rief Kim. »Tut mir leid, ich habe mich einfach erschreckt. Es ist nichts. Nur … diese Augen …«
»Wie bitte?«, kreischte Marie.
Kim hielt einen schlaffen Gegenstand hoch. »Dieser Hausschuh in Tierform hat mich angesehen.«
Im Licht der Taschenlampe erkannte Franzi einen Pantoffel aus braunem Plüschfell. Im vorderen Bereich waren große Kulleraugen angebracht, außerdem ein kleines Geweih aus Filz und eine knubbelige rote Filznase. »Ein Rentier!«, entfuhr es Franzi. Sie kicherte los. »Also doch: tote Tiere!«

Kim zog weitere Schuhe aus dem Karton. »Es gibt auch noch Nikoläuse und so etwas wie einen Weihnachtsbaum mit Gesicht.«

Marie schüttelte den Kopf. »Und ich habe mir vor Angst beinahe in die Hosen gemacht.«

»Wie auch immer«, sagte Kim. »Die Kartons mit den weichen Plüschpantoffeln haben Schlimmeres verhindert. Stellt euch vor, wir wären auf den harten Betonboden geknallt!«

Franzi sog scharf die Luft ein. »Allerdings.«

Eine Weile herrschte nachdenkliches Schweigen.

Schließlich seufzte Marie. »Leute, ich verstehe nicht, was mit Betty Rüger los ist. Warum hilft sie dieser Verbrecherin Raffaela Stein?«

»Ich glaube, da gibt es verschiedene Möglichkeiten«, murmelte Kim. »Aber bevor wir uns darüber Gedanken machen, sollten wir erst mal überlegen, wie wir hier so schnell wie möglich rauskommen!« Sie zückte ihr Handy. »Ich rufe Kommissar Peters an.« Nach einem Blick auf das Display ließ sie das Handy sinken. »Kein Empfang!«

Auch Franzi und Marie fanden kein Netz. Dafür traf Kims Taschenlampenlicht zufällig auf einen Schalter an der Wand. Sie lief hin und drückte darauf.

Grelle Leuchtstoffröhren flammten an der Decke auf.

Marie lief hektisch zur Tür. »Dann müssen wir uns eben selbst befreien«, rief sie. »Das ist ein relativ einfaches Bartschloss«, stellte sie nach einer kurzen Untersuchung fest. »Ich könnte es mit meinem Dietrichset knacken.« Sie verzog den Mund. »Wenn ich es dabeihätte.«

Marie war in ihrem Detektivteam die Spezialistin für das

Öffnen von Schlössern aller Art und hatte sich und ihre Freundinnen schon viele Male durch ihren geschickten Einsatz aus brenzligen Situationen gerettet.
»Vielleicht finden wir hier etwas Geeignetes, das du zu einem Dietrich umfunktionieren kannst.« Franzi sprang zu einem Karton und riss ihn auf.
»Gute Idee!«, sagte Marie. Sie und Kim fingen ebenfalls an, die Schachteln zu durchsuchen.
Die drei Detektivinnen fanden neben Putzmittelflaschen und Zahnpastatuben Lichterketten, weitere Hausschuhe und Deko-Engel. »Das hilft uns alles nicht weiter«, murmelte Marie. Dann stieß sie einen spitzen Schrei aus. »Ich glaube, ich habe etwas – Christbaumschmuck aus Draht!« Sie hielt einen großen Stern hoch.
»Wie schön, dass bald Weihnachten ist!«
Marie postierte sich vor dem Schloss und fing an, einen Zacken des Sterns in eine passende Form zu bringen. Sie hatte sichtlich Mühe. »Meine Finger sind ganz kalt und unbeweglich«, stellte sie fest.
Franzi nickte. »Es ist auch verdammt kühl hier drin.«
»Wahrscheinlich ist die Heizung über das Wochenende abgestellt worden«, sagte Kim. Sie zog ihren weißen Engelsumhang enger um sich. »Wir sollten wirklich zusehen, dass wir hier schnell rauskommen.«
Marie massierte sich hektisch die Finger. »Ja, ich beeile mich ja. Aber ich brauche einfach Gefühl in den Händen, um den richtigen Druckpunkt am Schloss zu finden.«
Nach einigen Minuten nahm Marie den Stern wieder an sich und setzte ihre Arbeit fort. Konzentriert bog sie an dem

Draht herum, probierte ihn im Schloss aus, zog ihn wieder heraus und besserte nach. Kim und Franzi sahen schweigend zu. Sie wagten nicht zu sprechen, weil sie fürchteten, Marie in ihrer schwierigen Arbeit zu stören.
Nach einer gefühlten Ewigkeit hörte Franzi ein leises Knacken am Schloss. Sie spitzte die Ohren. Es knackte ein zweites Mal.
Marie sah triumphierend über ihre Schulter. »Das war's!«
Vorsichtig drückte sie die Türklinke herunter.

Moment der Verwirrung

Franzi hielt den Atem an. Marie drückte die Klinke ganz herunter und öffnete die Tür. Sie hatten es geschafft!
Franzi wollte schon mit einem Freudenschrei nach draußen stürmen, da wurde sie von Kim heftig zurückgezogen. Ihre Freundin sah sie alarmiert an und hielt einen Finger vor den Mund. Sie wies stumm in den vorderen Teil des Ladens.
Franzi und Marie zuckten zurück. Die Beleuchtung war im gesamten Geschäft ausgeschaltet. Nur vom Eingangsbereich her drang ein schwaches Licht zu ihnen. Leise Stimmen waren zu hören.
»Sie sind noch da«, wisperte Kim.
»Warum? Was haben die beiden vor?«, flüsterte Franzi. »Ich verstehe das alles nicht.«
Marie zog blitzschnell ihr knisterndes Engelskostüm und die Stiefel aus. »Lasst uns mal zuhören, was die beiden reden!« Auf leisen Strumpfsohlen schlich sie am Regal mit den Bio-Artikeln vorbei. Dann ging sie in die Hocke und robbte auf allen vieren weiter.
Kim zog ebenfalls die Schuhe aus und folgte Marie. Franzi kämpfte kurz mit ihren Flügeln, dann hatte auch sie sich von dem Kostüm befreit. Sie schlich leise nach vorne.
Kurz vor dem Kassenbereich versteckten sich die drei Detektivinnen hinter den verkeilt am Boden liegenden Drehständern. Die Stimmen der Kassiererinnen waren gut zu hören.
Franzi lugte vorsichtig durch eine Lücke. Die beiden Frauen saßen auf der kleinen Bank im Eingangsbereich. Das Licht

der Straßenlaterne fiel von draußen durch die große Schaufensterscheibe und tauchte alles in sanfte gelb-orange Farben. Draußen wehten vereinzelte, große Schneeflocken vorbei. Die Szene hatte beinahe etwas Friedliches, stellte Franzi fest.
»Was tun wir jetzt?«, war Betty Rügers Stimme zu hören. »Wir können die Mädchen nicht einfach hierlassen. Sie erfrieren womöglich. Die Heizung im Lager funktioniert nicht und es soll über das Wochenende heftige Minusgrade geben.«
Raffaela schnaubte. »Der Überfall war doch deine Idee! Du solltest eigentlich wissen, was wir jetzt machen.«
»Ich fürchte, es war eine ausgemacht blöde Idee«, sagte Betty Rüger mit weinerlicher Stimme. »Ich wünschte, du hättest dich nicht bereit erklärt, mitzumachen und mich als Weihnachtsmann verkleidet zu überfallen …«
»Jetzt krieg dich wieder ein. Das Geld können wir doch beide gut gebrauchen. Und wir finden schon eine Lösung für die drei Gören. Ich frage mich, wie sie uns auf die Schliche gekommen sind.«
Die drei !!! sahen sich an. Sie hatten genug gehört! Auf leisen Sohlen traten sie den Rückzug an.
Nachdem sie den Lagerraum wieder erreicht und die Tür geschlossen hatten, straffte Marie die Schultern. »Betty Rüger ist also die Drahtzieherin des Überfalls. Das hätte ich niemals gedacht!«
Franzi hatte rote Wangen. »Ich bin so wütend auf diese beiden Frauen!«
Kim nickte. »Wir müssen diese Verbrecherinnen irgendwie in die Falle locken …« Sie sah sich um. Nach kurzem Über-

legen sprang sie auf und sammelte die Engelsflügel ein, die sie vorhin achtlos auf den Boden geworfen hatten. Sie lief zu einem Gitterwagen, auf dem mannshoch Kartons gestapelt waren, und drapierte die Flügel auf der obersten Schachtel.
»Was gibt das denn?«, fragte Franzi verwundert.
»Einen Moment der Verwirrung«, murmelte Kim.
»Ja, das scheint mir auch so«, bemerkte Marie. »Kim, ist alles klar bei dir?«
»Natürlich!« Kim grinste. Sie schob den Wagen in einigem Abstand vor den Türrahmen. Dann nahm sie ein Regalbrett, das an der Wand lehnte. Sie hielt es kurz vor die Türklinke.
»Passt. Wir werden jetzt hinausgehen und ich verstecke mich draußen hinter der angelehnten Tür. Ihr beide geht hinter dem Bio-Regal in Deckung. Dann werde ich die beiden Damen rufen …«
Franzi und Marie nickten sofort. »Genial. Der Ablauf ist klar«, sagte Marie. »Von mir aus können wir!«
Sie schlichen nach draußen und versteckten sich. Nach kurzer Zeit ließ Kim einen schrillen Pfiff los. Dann schrie sie: »HALLO!«
Es dauerte keine zwei Sekunden, da kamen die beiden Kassiererinnen angelaufen.
»Das waren die Mädchen«, rief Raffaela. »Sie sind entwischt.«
»Unmöglich!«, keuchte Betty. »Nein!«
»Die Tür ist offen! Wie haben sie das geschafft?«
Die Frauen starrten entgeistert auf das Flügelgebilde auf dem Rollwagen.
»Seid ihr da oben?«, rief Betty. »Was macht …«
Franzi und Marie sprangen aus ihrem Versteck hervor und

warfen sich mit Schwung gegen die Frauen. Betty Rüger und Raffaela Stein schrien auf und stolperten völlig überrumpelt in den Lagerraum.
Franzi und Marie sprangen zur Seite. »Und zu!«, rief Marie. Kim ließ die schwere Tür ins Schloss donnern. Franzi schob sofort die Regalplatte unter die Türklinke und blockierte sie. Keine Sekunde zu früh. Von innen hämmerten jetzt Fäuste auf das Türblatt ein und jemand versuchte verzweifelt die Klinke herunterzudrücken. Dumpf klang die wütende Stimme von Raffaela Stein zu den drei !!!: »Macht sofort auf!«
»Ich lach mich tot«, sagte Kim und zückte ihr Handy. »Wir öffnen gleich die Tür – sobald Kommissar Peters mit seinen Leuten da ist.«

Detektivtagebuch von Kim Jülich
Mittwoch, 20:00 Uhr
Marie, Franzi und ich lagen jetzt fast 10 Tage lang mit Grippe im Bett. Es hat uns alle drei richtig fies erwischt. Ich glaube, der eiskalte Lagerraum von Schönkauf *hat uns den Rest gegeben – nachdem wir uns bereits kalte Füße bei der Beobachtung eines Verdächtigen zugezogen und nasse Haare bei Schneeballschlachten bzw. Lawinenduschen von kleinen Monstern geholt hatten … Heute war ich zum ersten Mal wieder in der Schule. Und ich muss sagen, ich fühle mich immer noch ganz schön schwach. Aber das gehört eigentlich alles nicht hierher, hier geht es ja um unsere Detektivarbeit. Dazu kann ich berichten: Wir haben wieder einen Fall gelöst! Der Überfall auf die* Schönkauf-*Filiale hinter dem Weihnachtsmarkt ist geklärt, der Täter gefasst – oder vielmehr: die Täterinnen!*

Kommissar Peters war ganz schön beeindruckt, auch wenn er das wieder mal nicht zugegeben hat. Kaum hatten wir ihm die Verbrecherinnen ausgeliefert (sauber festgesetzt in einem Lagerraum), hat er uns schon eine Standpauke gehalten: Wir hätten uns mal wieder unnötig in Gefahr gebracht, wir sollten die Ermittlungsarbeit der Polizei überlassen, das Übliche eben. Als ich ihn letzte Woche angerufen habe, hatte er sich aber scheinbar schon wieder beruhigt. Er hat mir sogar noch ein paar Details verraten, die bei der Vernehmung der beiden Kassiererinnen zutage kamen. Betty Rüger hat Raffaela Stein dazu angestiftet, einen Raubüberfall auf die Filiale zu fingieren. Raffaela hat in erster Linie zugestimmt, weil sie Geld brauchte. Sie hat nämlich hohe Schulden. Allerdings haben beide einen großen Teil der Beute schon wieder ausgegeben – sie haben sich Schmuck gekauft und sind teuer essen gegangen. Betty Rüger wollte sich angeblich in erster Linie an Schönkauf *rächen. Ihrer Meinung nach verdienen die Verkäuferinnen zu wenig und es werden zu wenige eingestellt. Sie wollte zeigen, wie gefährlich es sein kann, wenn zum Teil nur eine Verkäuferin im Laden ist – was häufiger der Fall ist, weil kranke Mitarbeiter nicht ersetzt werden. Ich denke, sie hat mit ihrer Maßnahme wohl eindeutig zu hoch gegriffen. Außerdem dürfte das Geld auch bei ihr eine große Rolle gespielt haben, auch wenn sie es nicht zugeben will: Sie hat den Tag des Überfalls extra auf den Aktionssamstag gelegt, an dem Laptops verkauft wurden. Somit konnte sie sichergehen, dass sehr viel Geld im Tresor war und von Raffaela erbeutet werden konnte.*

In einem Detail habe ich mich übrigens geirrt: Ich hatte unter den ›knubbeligen‹ Handschuhen des Weihnachtsmanns ver-

krüppelte Hände vermutet. Es waren aber einfach nur die großen Ringe mit den dicken Steinen, die Raffaela trägt und die sich unter dem Strickstoff abgezeichnet haben! Aber immerhin ist mir diese Besonderheit aufgefallen – auch wenn ich die falschen Schlüsse daraus gezogen habe. Detektivarbeit ist eben ganz schön tricky …
Wie auch immer, der Fall des Weihnachtsmann-Raubs ist erfolgreich abgeschlossen!
Jetzt gibt es nur noch einen weiteren Fall zu klären. Aber der gehört wirklich nicht hierher. Ich werde in meinem geheimen Tagebuch darüber berichten.

Ein Pantoffel wünscht ›Frohe Weihnachten!‹

Geheimes Tagebuch von Kim Jülich
Mittwoch, 21:00 Uhr
WARNUNG! Wer hier unerlaubt liest und erwischt wird, muss eine ganze Packung HERZKEKSE aufessen. Die sind zwar nicht giftig – aber ganz schön trocken. Zum Runterspülen gibt's dann ›Flunschpunsch – OHNE‹!
Die letzten beiden Wochen waren echt anstrengend. Wie gut, dass in zwei Tagen Ferien sind. Dann ist nur noch Relaxen angesagt. Franzi, Marie und ich haben schon ein ausgiebiges Erholungsprogramm geplant.
Diesen Samstag gibt es allerdings noch einen *wichtigen Einsatz. Wir wollen helfen, das große ›Keks-Missverständnis‹ zwischen Chrissie und Anton endlich aus dem Weg zu räumen. Die beiden haben nämlich seit dem Vorfall in der Küche tatsächlich nicht mehr miteinander gesprochen. Chrissie schämt sich viel zu sehr und traut sich nicht, Anton anzurufen. Sie hat sich hinter der Arbeit für die Keks-Company verschanzt (jetzt produziert sie auch noch irgendwelche speziellen Muffins) und will nicht reden. Auch Anton ist abgetaucht. Er ist dauernd an der Uni und lernt, weil er angeblich eine Klausur nach der anderen schreiben muss. Stefan hat versucht, mit ihm über Chrissie zu sprechen, aber das hat er gleich abgeblockt. Das kann ich, ehrlich gesagt, auch verstehen. Anton geht nämlich offensichtlich immer noch davon aus, dass Chrissie seinen Brief gelesen hat, in dem er von seinem* Hund Lilly *erzählt hat. So gesehen muss Chrissies*

Reaktion für ihn völlig schräg und überhaupt nicht nachvollziehbar sein. Seine Schwester hat ihm zwar gesagt, dass es da irgendeine Verwechslung gegeben haben muss. Allerdings wusste sie das mit dem nicht gelesenen Brief nicht – das haben wir ja erst später rekonstruiert. Leider waren wir mit unserem Hauptfall so beschäftigt, dass wir gar nicht mehr daran gedacht haben, dass Senta nur die halbe Information hat. Und dann waren wir alle krank, und mit 39 Grad Fieber und einer totalen Matschbirne rutscht einem halt auch so manches durch. Also, um es kurz zu machen: Wenn ich nicht wüsste, dass Chrissie den Brief nicht gelesen hat, würde ich denken, dass sie einen an der Klatsche hat. Und genau das meinen Anton und Senta wohl auch. Damit Chrissie endlich die Chance hat, die Sache aufzuklären, dachten wir, dass sie »zufällig« auf Anton treffen könnte … Es ist sehr praktisch, dass am Sonntag auf der Eisbahn ein kleines Fest zum 4. Advent stattfinden wird. Franzi hat mit Frau Meinhard gesprochen und einen Vorschlag gemacht. Und wir haben Stefan gebeten, Anton zu überreden, mit ihm zur Party auf der Eisbahn zu gehen. Und natürlich hat Franzi Chrissie eingeladen …

Die Zuschauer klatschten begeistert. Franzi verbeugte sich und wackelte noch einmal kurz mit ihrem Eisbärenhinterteil. Dann glitt sie, Kusshände verteilend, zum Ausgang der Eisbahn und stöckelte zum Kassenhäuschen vor. Während Frau Meinhard sich über das Mikrofon für den tollen Tanz zum Auftakt des Eisbahnfestes bedankte, nahm Franzi den Kopf des Kostüms ab und begrüßte Kim und Marie. Ihre Freundinnen hatten bereits Schlittschuhe an.

»Du warst mal wieder top!«, sagte Marie begeistert.
»Danke!« Franzi grinste. »Und jetzt freue ich mich auf ganz entspanntes Eislaufen in der großen Menge. Seid ihr bereit?«
Kim und Marie nickten. »Chrissie ist übrigens da«, sagte Marie. »Sie steht mit Kari dahinten. Sie haben die Herzhälften umhängen.«
Franzi reckte den Kopf. »Super. Ich sehe Anton und Stefan auch schon! Perfekt, sie haben die Herzen auch.«
Das Mikrofon knackte. »Ich freue mich, dass wir heute dank der Zusammenarbeit mit dem *Lebkuchenstand Mayers* einen ganz besonderen Nachmittag anbieten können«, sagte Frau Meinhard. »Nämlich: unsere ›Herz-Party‹, oder auch: ›Paarlaufen mal anders‹. Wer noch keine Lebkuchenherzhälfte hat, bekommt hier am Kassenhäuschen eine. Und dann heißt es: Augen auf! Suchen Sie nach Ihrem zweiten Teil, um den Schriftzug auf dem Herz komplett zu machen! Und freuen Sie sich auf nette neue Bekannte. Viel Spaß!«
Frau Meinhard ließ rockige Weihnachtsmusik laufen.
Die meisten Besucher der Eisbahn hatten sich bereits ihre Herzhälfte geholt. Sie drängten lachend auf die Bahn. Einige Leute hatten schon ihre ›bessere Hälfte‹ gefunden oder sich gleich die beiden passenden Herzhälften geben lassen. Sie liefen nebeneinanderher, zum Teil Händchen haltend. Die anderen begannen gespannt zu suchen. Die Stimmung war heiter und ausgelassen. Immer mehr Passanten aus der Fußgängerzone blieben stehen und reckten neugierig die Hälse.
Frau Meinhard winkte zu Franzi rüber und hob den Daumen.
Franzi winkte lächelnd zurück.

»Jetzt hat Chrissie ihre Chance«, murmelte Franzi. »Kommt, wir fahren zu ihr. Hoffentlich kann Stefan Anton in ihre Nähe bringen.«
»Hier«, sagte Marie. Sie hielt Franzi ein halbes Herz hin. »Wie gewünscht: Ein ›CHEN‹ für dich. Jonny und seine Mutter habe ich vorhin getroffen und ihnen das ›BÄR‹ gegeben.« Sie zwinkerte und zog unter ihrer Jacke ebenfalls ein Lebkuchenteil hervor.
Auch Kim holte ihre Herzhälfte aus der Parkatasche.
»Danke«, sagte Franzi. »Jonny treffe ich gleich nachher. Aber zuerst will ich wissen, wie es mit Chrissie und Anton ausgeht.«
Die drei !!! stürzten sich ins Getümmel und steuerten die Bande in der Nähe von Chrissie an. Aus einigen Metern Entfernung beobachteten sie, was geschah: Stefan glitt auf seinen Eishockeyschuhen mit Anton zusammen auf Chrissie und ihre Freundin zu. Als Chrissie bemerkte, wer da auf sie zukam, riss sie die Augen auf.
Anton stoppte abrupt. Dann sah Franzi, dass Stefan etwas zu Anton sagte. Er deutete auf Chrissie.
Plötzlich fingen alle an zu lachen.
»Sie haben entdeckt, dass ihre Lebkuchen-Hälften zusammengehören«, stellte Franzi zufrieden fest.
Kim schüttelte lächelnd den Kopf. »Deine Idee, eine Sonderanfertigung bei *Lebkuchen-Mayers* in Auftrag zu geben, war genial!«
»Und HERZ-KEKS ist ja auch sehr passend«, sagte Marie und schmunzelte.
Chrissie sagte jetzt etwas zu Anton. Der sah sie erstaunt an.

»Sie laufen zusammen los«, stellte Kim fest.
Franzi seufzte. »Und Chrissie erzählt ziemlich viel. Ich hoffe, es ist das Richtige.«
Marie klopfte ihr auf die Schulter. »Jetzt lass mal locker. Mehr konntest du wirklich nicht tun. Jetzt hat sie ihre Chance. Nutzen muss sie sie schon selbst.«
Franzi grinste. »Ich weiß auch nicht, warum ich mich plötzlich so um das Liebesleben meiner Schwester sorge. Es muss an Weihnachten liegen. Übermorgen ist es ja schon so weit!«
Kim klatschte plötzlich in die Hände. »Das habe ich ganz vergessen: Wir haben ein Weihnachtsgeschenk bekommen.«
»Von wem denn?«, wollte Franzi wissen.
»Kommissar Peters hat gestern ein Päckchen an mich weitergeleitet, das die Geschäftsführung von *Schönkauf* für uns geschickt hat.«
»Und das erzählst du uns erst jetzt?«, rief Marie aufgeregt. »Was ist drin?«
Kim zog die Augenbrauen hoch. »Ich habe es natürlich noch nicht aufgemacht. Ich habe es hier in meinem Rucksack.«
»Lass uns gleich reinsehen!«, sagte Marie aufgeregt.
Kim zog einen großen gepolsterten Umschlag hervor und riss ihn auf. Eine Briefkarte fiel ihr entgegen. Sie klappte sie auf und las:
»Einen herzlichen Dank an die drei Detektivinnen! Frohe Weihnachten wünscht *Schönkauf*!«
Kim sah in den großen Umschlag hinein. Sie stieß einen spitzen Schrei aus.
»Was ist?«, rief Marie überrascht.
Kim zog einen braunen Plüschpantoffel mit roter Knubbel-

nase und Rentiergeweih heraus. Sie grinste. »Die kommen uns doch irgendwie bekannt vor, oder?« Sie sah in den Umschlag. »Der Nikolaus und der Weihnachtsbaum sind auch dabei. Die Schuhe sind mit Süßigkeiten gefüllt – und es sind ein paar Geldscheine dabei!«

Franzi pfiff durch die Zähne. »Nicht schlecht!«

»In die *No-Jungs*-Kasse ist ja dieses Mal nicht so viel reingekommen«, sagte Marie. »Aber hiermit können wir uns ein paar schöne Tage im *Lomo* machen.« Sie stülpte sich einen der roten Nikolaus-Pantoffeln über die Hand und winkte damit. »Frohe Weihnachtstage wünsche ich schon mal!«

Kim und Franzi lachten. Einige der Eisläufer waren auf Maries Handpuppentheater aufmerksam geworden. Sie lächelten herüber.

Und plötzlich erschallte es von allen Seiten zu den drei Detektivinnen:

»FROHE WEIHNACHTEN!«